装幀

プロデューサー　栗本　知樹
アートディレクター　帆足　英里子
イラストレーター　宮尾　和孝

第一章　降ってきた僕

図書室で小説『夏への扉』を発見した。夏への扉を探す猫のピートのことを思い出し、僕はその本を手に取りたくなる。

本は書架の最上段にあり、そこには、ハヤカワ文庫ＳＦの水色の背表紙がずらりと並んでいた。背丈のそれほど高くない僕にはつま先立ちをしても届かないけれど、近くに脚立が置いてあった。

これを使えばいい、と取ってきた脚立の上に乗った。古めかしい木製の脚立が、ぎちり、ぎちり、と音を立てる。文庫本の背表紙の上端に人差し指をかけようとしたとき、ふと、父の遠い言葉を思い出した。

「いいか、光太郎《こうたろう》。本を棚から出すときは、背表紙に指をひっかけちゃだめだ。傷つけてしまうからな」

本がきゅうくつに棚へ押しこまれている場合、するりとは出てこない。そんなとき指をひっかけて取り出そうとすれば、背表紙の上端が破れてしまう。だから本を取り出すときは、両側の本を一冊ずつ奥にずらし、目的の本をしっかりとつまんでひっぱるのが理想だ。

教えられた通り、そっと両側の本を奥にずらし、目的の文庫本を抜き取った。表紙をながめ、懐かしさに胸を熱くする。『夏への扉』は小学六年生のとき父に薦められて読んだ、タイムトラベルものの名作ＳＦだ。

その場でぱらぱらとページをめくった。文化女中器（ハイヤード・ガール）って、これ、ロボット掃除機ルンバとおなじじゃないか、と、新たな発見に、僕は興奮する。ぎち、ぎち、ぎち、と脚立が軋《きし》むような音が聞こえたが、ページをめくる手を止められなかった。

ぎちり。どうやらそのとき、年代物の脚立が耐用年数の限界を迎えようとしていたらしい。ふいに木が割れる音がして、一瞬、重力を失うような感覚があった。

「危ない！」

だれかが背後で叫んだ。

振り返ろうとしたせいで余計に僕はバランスを崩した。思わず最上段の本たちに手をひっかけたが無駄だった。ハヤカワ文庫が、ずらずらと棚からすべり出てくる。

真後ろに落下する僕を追いかけるように、何冊もの本が落ちてきた。空中で蝶《ちょう》がはばたくように、本のページがぱらぱらとめくれる。背後から悲鳴のような声が聞こえる。

また招いてしまった、と僕は理解した。この古い脚立はもうずっと前から壊れそうだったのかもしれないけど、今までは壊れなかった。きっと僕が乗ったから、壊れたのだ。

不幸力《ディスセレンディピティ》――。

僕はちょっとした不幸を招き寄せる体質の持ち主だ。

例えば一日に三度、自転車にひかれたことがあった。文房具屋や書店に行くと、万引き犯に間違えられて呼び止められる。あたらしい紙にふれたら、高確率で指先を切ってしまう。レストランでは僕の注文した料理だけが忘れられる。定期券や財布を落とすのはしょうがないとしても、それらはかなりの確率で排水口に吸い込まれる。

高校生になって一週間、クラスでは早くもあぶれはじめていたけど、気が弱いせいで自分から同級生に話しかけることができなかった。勇気を出してクラスメイトに話しかけようとしたら、その瞬間、小さな地震が起きたのには驚いてしまった。

部活に入りそびれてしまったのも、不幸力のせいだ。部活紹介のイベントが体育館であった日、僕は学校を休んでしまった。正確に言うと登校途中に自転車に軽くひかれて、その衝撃で定期券を落とし、それが排水口に吸い込まれる前に先手を打って穴を足でふさいだつもりが、思い切り定期券を蹴《け》ってしまった。あわれな定期券はその後、車道を行く車に何度も踏まれてくしゃくしゃになり、すっかり意気消沈した僕は、公園のベンチから動けなくなったのだ。

だけど部活に入るつもりなんてなかったから、実際にはどっちでもよかった。校舎を入ってすぐのところにある掲示板には、様々な部活の新入部員勧誘チラシがはってある。サッカー部、剣道部、天文部、将棋部、バレーボール部、野球部、写真部、バスケットボール部。

——ここが文芸関ヶ原だ！　新入生は三顧の礼を尽くして歓迎します。

文芸部のチラシが視界に入ったとき、少しだけ心がざわついた。高校の文芸部というのは、一体どんな活動をしているのだろう。戦国武将のイラストが描いてあるけど、ここの文芸部には歴史好きの人でもいるのだろうか。

文芸部のチラシを見ていると、伸ばしすぎた髪の後ろに視線を感じた。振り返ってみたけど、下駄《げた》箱が並んでいるだけだった。

だけど僕はその日から、だれかに見られているような気配に悩まされることになる。昼休みを図書室ですごしていたら、後頭部に視線を感じた。一日の授業が終わって下駄箱で靴を履いているときもだ。

そういえば、さっき図書室に入る直前にも……。

人は落ちる間にも、様々なことを考えるようだ。脚立から落下した僕を、蝶のように羽ばたく文庫本が、追ってくる。僕は恐怖のあまり、何かをつかもうともがく。

落ちモノ、という言葉を思い出した。ファンタジー小説や映画に、そう呼ばれるジャンルがある。平凡に暮らす主人公の前に、ある日、空から美少女が降ってくる。同時にこれはバベルの塔の神話でもある。塔は天に向かって伸び、崩れ去り、最後に人間は多様な言語を得る。僕は本に向かって手を伸ばした。

そして物語は始まる。

「ちょっ！　と！　待っ！」

悲鳴と衝撃音が交錯するなか、僕は脚立から思い切り真後ろに落下した。

そんなに高さがあったわけでもなく、軽い事故ですんでいたはずだが、後ろで抱きとめてくれた人がいた。一瞬、シャンプーだかリンスだかのいい香りがする。しかし、背中でその人を押し倒すみたいに、僕は図書室の床へ倒れこんでしまう。

「いたたたたたた」

ハヤカワ文庫に埋もれながら女子生徒が尻餅《しりもち》をついていた。背中側にあった書架で頭を打ったらしく後頭部をさすっている。

「ごめん、なさ、い」

急いで起き上がり、僕はあやまった。しかしぼそぼそと不明瞭《めいりょう》な言葉が出ただけだ。彼女を抱え起こし、ほこりを払ってあげて、ケガはないですか、とたずねて、それから念のため保健室に、と言わねば、などと頭だけははたらくのだが、実際には彼女をぼーっと見下ろすことしかできない。制服の学年章から、その人が二年生であることがわかる。

僕の不幸力の巻き添えになってしまった先輩が、尻餅をついたまま僕を見上げた。そっと動きだした唇が、何かを告げようとしていた。怒られる？　それとも、降ってくるってどういうことよ！　と、なじられる？　不幸な自分には、これから起こる何もかもが予想できてしまった。僕は女子の上に降ってきた超絶迷惑な間抜け男子として、これから暗い高校三年間を送るのだ。あだ名はたぶん〝降り男〟か、〝逆にパズー〟の、どちらかだろう。だけど彼女は、なじる代わりに、右手を差し出してきた。

「起こして」

早く握ってと、促すようにその手が上下に振られた。慌てて彼女をひっぱり起こす。

「ごめんなさい！」

今度はうまく言葉が出てきた。

「いいけど、足をくじいちゃって歩けないから、肩を貸して」

「あ、はい」

「でもそれより先に、落ちた本とか片付けて」

「はい！」

弾《はじ》かれたように、僕は振り返った。慌ててあたらしい脚立を持って来て、散らばった本を書棚に戻す。古い脚立は、カウンター脇の目立つ場所に置いておくことにした。

「じゃあ行こうか。肩を貸して」

作業を終えた僕に彼女は言った。だけど肩を貸すといっても、どうしたらいいのかわからなかった。ふたたびぼーっと立ち尽くす僕の左肩に、彼女は無造作に右手を置いた。反対の手を僕の腕に添え、やがてその両の手に力を加えていく。

やさしくも強い力に導かれるように、僕は彼女と歩調を合わせ、ゆっくりと図書室を出た。だけどその様子は、僕がどこかに連行されるようだったかもしれない。

「私、佐野《さの》七瀬《ななせ》。二年生」

その人はまっすぐ前を見ながら名乗った。


教室のある棟へと、渡り廊下を移動する。

「この渡り廊下には名前があるの、知ってた？」

「いえ」

「〝知識の橋〟って呼ばれてる」

教室のある棟と、図書室や社会科資料室のある棟をつないでいるから、そう名づけられたらしい。入学して何度かこの渡り廊下を通ったけれど、名前があるなんて知らなかった。というより僕はまだ、入学したばかりのこの高校のことをほとんど知らない。

僕と佐野七瀬先輩は、夕日の差し込む知識の橋を渡った。先輩の小さな手が、僕の腕と肩にふれていた。そこにかかるやわらかな力が、さっきから僕の気持ちを小さく震わせている。

「ここをまっすぐ」

先輩のほうを見ることのできない僕の耳に、輪郭のはっきりした声が響いた。緊張していたけど、これはどきどきしているとかではない。僕はただ、ケガをさせてしまった先輩を、保健室に送り届けているだけだ。歩調に集中、と自分に言い聞かせる。

「左に行って」

先輩の中途半端に長い髪と横顔がちらりと見えた。

「ここは右に」

授業やオリエンテーションでは来たことのないエリアだった。しばらく進むと、実習室Bと表示された部屋がある。なぜだかその前で、先輩の足が止まった。

「じゃあ一旦《いったん》、中に入って」

言われるままにドアを開けた。入ってすぐのところに長机が正方形に組んであって、窓際にパソコンがずらりと並んでいる。どうやらここはパソコン実習をする部屋のようだ。

「一旦、そこに座ろうか」

言われるまま長机の前に座った。保健室に向かっていると思い込んでいたのだが、どうしてこんなところに来たのだろう。途中休憩だろうか。

「ちょっと待っててね、高橋《たかはし》くん」

微笑んだ七瀬先輩は、くるり、と振り返って壁際のスチールラックのほうに歩いていった。短いスカートが、風になびくように小さく躍る。

「あれ？　僕の名前、どうして？」

「さっき言ったじゃない」

「そうでした、か」

記憶にはなかったけれど、それはともかく実習室に二人きりだった。どうして先輩は、僕をここに連れ込んだのだろう。もしかして、何かの実習をするつもりだろうか。だけど一体、何の実習だろう。まさかとは思うが、恋の実習なんだろうか。

「お願いがあるんだけど」

戻ってきた先輩の微笑みに、どきりとした。クラスメイトの女子よりも、少しだけ大人っぽい笑みだ。

「高橋くんの名前を、一旦、ここに書いてほしいんだ」

七瀬先輩はペンと紙を机の上に置いた。

「ここに、早く、お願い」

速くなる脈拍を僕はおさえる。落ち着け落ち着け、と心で唱え、机の上に置かれた紙に目をやった。自分の使命はここに名前を書くことだ。名前を書く欄があったので、そこに高橋光太郎と書こうとして、高橋の高の最初の点を打ったところで、手を止めた。

「これって入部届じゃないですか！」

それは、文芸部への入部届だった。

「うん、一旦、文芸部に入ってほしいの」

「なんでですか！」

慌ててあたりを見回すと、新入生勧誘で使う行灯《あんどん》のようなオブジェが部屋の隅に置いてあって、文芸部へようこそ、と書かれてあった。そしてよく考えたら、七瀬先輩はさっきから、一人で普通に歩いている。

「あ、なおった」

「足くじいてないじゃないですか！」

「嘘でしょう、それ、絶対に！」

どうやらこの人は、歩けないふりをしていたらしい。僕をここまで連れてくるために。

おそろしくなり、逃げ出すことにした。ドアに向かいかけた僕の手を、七瀬先輩がつかむ。

がたがたと椅子が音を立てた。

「待って！　お願い、話を聞いて」

「い、いやです！」

「見たんだよ」

「何をです？」

「文芸部のチラシをながめてたよね、高橋くん。掲示板にはってある部員勧誘の。入部するかどうか、迷ってたんじゃない？」

「僕は別に、迷ってなんか……」

　頭のなかでいくつかの出来事がつながった。ずっと感じていた謎の視線の送り主はこの人だ。図書室で僕が脚立から落ちたとき、すぐそばにこの人がいたのは偶然ではなかった。

　ストーカーみたいで、少し気持ち悪いけど、同時に次のようにも考えた。脚立が壊れたとき、この人は咄嗟《とっさ》に飛び出して僕をささえてくれた。足の負傷は嘘だったけど、受け止めようとしてくれたのは間違いない。それなら、そんなに悪い人じゃないのかもしれない……。

「だますような真似をして、ごめんなさい。でも、どうしてもきみと話をしたくって」

　僕の手を放し頭を下げる七瀬先輩に、迷ったけれど、少しだけ話を聞いてみることにした。正方形に配置された長机を前に、斜めに向かい合うように座る。

「ここは文芸部の部室兼、活動拠点で――」

　この部屋は、授業に使用されることもあるが、放課後には文芸部の活動拠点になっていると説明された。窓際に並んでいるパソコンの数は三十台ほどだから、部員の数もそれくらいいるのだろうか、と思ったけどちがった。

「部員数の減少で、現在、文芸部は存続の危機なんだ。三年生が卒業していなくなったら、残る部員は高橋くんをふくめて三人だけになってしまうんだよ」

「今、さらっと僕を数に入れましたね」

「高橋くんを数に入れなかったら、廃部になってしまう。ぎりぎりの状況なんだよね」

七瀬先輩が憂うような表情をした。きっと彼女は文芸部に愛着があるのだろう。だから文芸部のチラシをながめていた僕を監視して、勧誘のチャンスをうかがっていたのだ。

「けど、そもそも文芸部って、どんな活動をするんですか？」

「放課後にここへ集まって、小説を書いたり、詩を書いたり、評論を書いたりする。おしゃべりして時間がすぎることもあるけど」

放課後に活動するのなら、もうすぐ他の文芸部員がやってくるのかもしれない。複数の部員にかこまれて、強い物言いで入部を勧められたら、ことわることなんかできそうにない。その前に退散しなければ。

「あの、先輩も小説を書くんですか？」

腰を半分浮かせながら、僕は訊《き》いた。

「ううん。私は編集をやりたくて文芸部にいる。創作する人のサポートをするのが好きなんだ。例えば校正作業とかね。賞に応募する先輩の原稿を何度も読んで、誤字や脱字がないかをチェックしたり。資料の調達だってやるよ。学校の図書室だけじゃなく、近所の図書館を回って、小説に関係ありそうな本を借りてきたり」

急に目をかがやかせて七瀬先輩は言った。話を聞きながら、僕は複雑な気持ちになる。小説を執筆している人がこの学校にいる。これまで自分の周囲にそんな人はいなかったので、会って話を聞いてみたい気がした。どんな風に物語を組み立てているのだろう。どんなソフトを使って執筆しているのだろう。縦書きで？　それとも横書きで？　縦書きに対応しているテキストエディタにはどんな種類がありますか？　それはフリーソフトですか？　それとも有料ですか？　だけど同時に、そんな話はもう聞きたくないような気もするのだ。

「高橋くん？」

「はい」

七瀬先輩は長机の上に身を乗り出して僕の顔をのぞき込んだ。

「直感なんだけど、高橋くん、小説を書くことに興味あるんじゃない？」

「まさか。興味ありませんよ。書いたこともないですし。若気のいたりで、小説なんて書いてたら、きっと黒歴史になりますよ」

文芸部の人にそんなことを言うなんて失礼きわまりなかった。バスケ部の人に、バスケなんて意味ないじゃん、と言うようなものではないか。しかし先輩は気分を害した様子もなく、静かな声を出した。

「書かないなら、書かないでもいいよ。一旦、入部してくれるだけでいい。それで文芸部は救われるんだから」

七瀬先輩は強い目で僕を見た。もしかしたら見抜かれていたのかもしれない。僕の強がりを。

「あの、一旦、帰ります」

先輩から目をそらし、僕は立ち上がった。今度は追ってこなかった。七瀬先輩を残し、僕は逃げるように実習室Bを出る。

電車に揺られて最寄りの駅で降りたとき、すでにあたりは暗かった。駅前を離れて、街灯が点々とつらなっている住宅地の路地を歩く。路地のずっと前方に、父のものらしい人影があった。背広を着た会社帰りの父の輪郭だ。いや、あれは本当に父の背中だろうかと、だんだん確信が持てなくなる。そのうちに人影は遠く消えてしまった。

本が好きな父の影響で、僕は小説を読むようになった。『夏への扉』もそうだけど、いろいろな本を薦められて、感想を言い合った。それはもう、何年も前の遠い記憶になってしまったけれど。

重い足取りで歩き、住宅地の一画の自宅に着いた。父が家族のために三十五年のローンを組んで建てた一戸建ての家が、僕を無言で迎える。両親の死後、この家と土地はだれが受け継ぐのだろう。僕か？　それとも、弟の颯太《そうた》だろうか？

玄関扉を開けると僕以外の家族の靴がそろっていた。母の靴はもちろんのこと、父の靴もあったし、弟もすでに帰っているようだ。そのなかに自分の靴を並べることに、いつも少し躊躇《ちゅうちょ》してしまう。

「新入生がさ、全然ヘタクソで逆にウケるんだけど」

食卓では中二になった弟の颯太が、早口でしゃべっていた。いつもの位置に座った僕は、いただきます、と無言で手を合わせる。

「シュート練習させてみたら、ボールが浮きまくりで全然入んないしさ、あいつら大丈夫なのかな？　俺らは去年もうちょっとうまかったと思うんだよね」

「ほら、颯太、しゃべってばかりいないでカボチャも食べなさい。肉ばっかり食べないで、ほら、野菜も」

「けどキーパー希望のやつは、もしかしたら、青木《あおき》よりうまいかもしれないな。青木、レギュラー取られたら、どうすんだろ。あとリフティングだけうまいやつもいたよ」

天真爛漫《らんまん》な颯太とは子どものころから仲がよかった。だけどサッカー部で、複数の女子に告白されたりしている颯太と自分は、見た目も性格もあまり似ていない。もしも今おなじクラスにいたとしたら、だいぶ離れたグループにいるだろう。

「光太郎は？　高校はどう？」

母が話を向けてきた。父も静かにこちらをうかがう。颯太は無邪気に肉を頰張る。

「別に、普通」

そっけない感じになっているのは、自分でもわかっていた。

「そう」

母はそれ以上、聞いてこなかった。僕がうまく母と話ができないことに、母だって気付いている。しかし表面上は何もないようにふるまっている。

「部活には入ったのか？　高校には文化部も結構たくさんあるだろ？」

穏やかな口調で、父親が問う。

「部活？　入るわけないよ」

無気力な態度で答えた。何も知らない二年前だったら、今日の出来事を、おもしろおかしく脚色して父に報告しただろうか。

「今、インフロントキックの練習してるんだよね」

また始まった颯太のサッカー話の傍らで、テレビのバラエティ番組が流れていた。司会者が何かおもしろいことを言って、観客や出演者が笑う。視るとも聴くともなしに、頭の端でとらえていたら突然、〝O型の男は〟という台詞《せりふ》が聞こえた。

瞬間、息が詰まりそうになった。父と母の雰囲気が変わったのもわかり、僕は自分の存在を消してしまいたくなる。血液型の話は、三つ、四つの言葉のやりとりで終わり、話題はすぐに変わった。だけどそれきり、僕には食べ物の味がわからなくなる。

右はいいけど左がなあ、などと、何も知らない颯太がサッカーの話を続けていた。耳のあたりが熱を帯びてきたように感じる。耳を隠してしまいたくて伸ばしはじめた髪だったが、もちろん耳が消えてなくなるわけではない。

一昨年、いとこの結婚式に出席したときのことだ。またO型同士かー、と父方の叔父《おじ》が陽気な声で話していた。結婚する二人は、両方ともO型らしい。

両親の血液型がO型だと、子どもは必ずO型になる。叔父によると、父の家系は全員がO型だという。あれ、おかしいな？　と思ったけどその場ではだまっていた。

僕の父親はB型だと聞いていた。

母はA型。弟がA型で、僕がAB型。小学生のときに風邪が長引いて、そのとき自分の血液型を調べてもらったことがあったから、僕の血液型はAB型で間違いない。

もしも父がO型だとしたら、僕の血液型であるAB型が生まれるはずがない。

何気ない顔で祖父母に確認すると、祖父母はどちらもO型であるらしい。ということはやはり父はO型だ。父が祖父母の本当の子どもじゃないのかも、という可能性もあったが、親類の間でからかわれるほど、祖父母と父は顔立ちがそっくりなのだ。

そんなことがあるわけない、と思ったが、急に不安になった。本当はO型である父が、ずっと血液型を偽っている？　でもどうして？　僕は鏡をのぞき込んで自分の顔を見つめた。

母の面影がある、と言われたことはある。だけど考えてみれば、自分と父はあまり似ていない。叔母《おば》が弟に言っていたことを思い出した。

耳の形が遺伝するのよね。

父の兄弟姉妹は三人いるのだが、そのみんなが耳の上がぺたんと折り返したようになっていて、それが弟にも遺伝していた。父方のいとこも、みんなそうなっている。だけど鏡に映る僕は、そうなっていない。

僕が生まれたときの写真は、ちゃんとあった。父と母と、生まれたばかりの僕の写真。光太郎という名前だって、好きな詩人の名前から、また光に祝福された子になるように、と父が考えたらしい。なのにどうして。

血液型の本を読み返したりしながら、一月あまりを悶々《もんもん》とすごした。どうしたの？　最近、食欲もないし、顔色も悪いし、と母に何度か問われた僕は、思いきってたずねた。

父さんの血液型は何？

B型だよ、と答える母の声は、少し震えていた。でも、祖父母はO型で、と、問いを続けると、母は泣き出してしまった。それが全ての答えだった。今まで隠されていたが、僕は父の子ではないらしい。それから父を交えて、本当の話を聞いた。

僕が少なくとも母の子であることは間違いない。だけど本当の父親は別にいる。浮気相手、元恋人、などという生々しい言葉は聞かなかったが、そういったことらしい。父はそれを承知で僕を産ませ、育てることにした。血液型の組み合わせから出生の秘密がばれないように、自分はB型だと、僕と弟に偽っていたという。僕の本当の父親はどこにいるのかもわからない。

重すぎる事実に、中学生である自分の根幹が揺らいだ。家出しようと思い、鞄《かばん》に着替えを詰め込んだけど、親しい友だちもいないし、どこにも行くあてがなくて断念した。

両親とはそれ以来、ぎくしゃくとした関係が続いている。僕は以前にもまして陰気になり、無気力になった。両親に明るい顔で話しかけられても、心のどこかで、気持ち悪いと感じてしまう。何も知らないのは、颯太だけだ。

「次の試合はレギュラーになれるかもしれないよ」

母がうなずき、そうか、と父が声を出した。弟は正真正銘、両親の血を引いている。それにひきかえ、僕という生命は、正しく望まれてこの世にあるのではない。僕の不幸力は、母の浮気とか、そういうものが原因で生じた呪いなのかもしれない。

「三年が引退するまでは、ポジションは後ろのほうだけどね」

食卓では弟のサッカー話が続いていた。

◇

翌日の昼休み、高校のPC室に向かった。ガラス張りで廊下から丸見えのPC室には、五十台ほどのディスプレイが並んでおり、生徒たちは自由にパソコンを利用してレポート作成やネット閲覧ができる。僕はオンラインストレージサービスをブラウザに表示させて、IDとパスワードを入力した。サーバー上に保管していたワードファイルを開く。

ディスプレイに文字が並んだ。四百字詰め原稿用紙に換算すると四十枚前後だろうか。長編小説の予定だったが、まだ冒頭部分しか書かれていない。作者は僕だ。二年前くらいに小説を書いてみようと思い立ち、情熱のおもむくままに文章を並べてみたが、途中で放り出したままの中途半端な原稿だ。

ジャンルは異世界ファンタジーもの。

主人公は平凡な村人の少年。

冒険者だった父親にあこがれて旅に出る。

仲間と出会い、事件を解決し、モンスターと戦い、いろいろあって最後には世界を危機から救う。

ファンタジーを題材にした作品が好きだった。例えばドラクエⅤの主人公が、奴隷になって強制労働をさせられる場面では、自分の身を重ねて涙ぐんだ。主人公が石化してしまったときには、これからどうなるんだろうと、はらはらした。

だけど僕の小説は、主人公が旅の支度をととのえて、母親に別れを告げ、ようやく村を出発したところで止まっていた。冒険らしいことが何もないまま、執筆は中断され、再開の予定もない。まるで物語自体が石化してしまったかのように。

原稿をながめながら、頭の中では家族のことを考えていた。僕の読書体験や執筆の動機は家族と直結している。例えば父は僕に読書のおもしろさを教えてくれた。僕の年齢や読書経験や嗜好《しこう》に合わせて、次に読む本を薦めてくれた。小説執筆のため、中学二年の僕にワープロソフトの使い方を教えてくれたのは母だ。かつて事務仕事をしていた母はパソコンの操作に長《た》けていた。小説が完成したら颯太に読ませるつもりだった。弟の喜ぶ顔が僕の執筆の動機でもある。小説の続きが書けなくなったのは、家族とのつながりが切れてしまったことと無関係ではない。

こつん、こつん、と音がした。ディスプレイから顔を上げると、七瀬先輩が廊下に立っていた。ＰＣ室のガラス張りの壁を、中指の関節のあたりでたたいている。目が合うと室内に入ってきた。

「勉強中？　早く購買に行かないと、カツサンドとコーヒー牛乳、売り切れるよ」

七瀬先輩が隣の席に腰かけた。僕は咄嗟にディスプレイの電源を切った。どうして僕が、カツサンドとコーヒー牛乳を買うってわかったのだろう。その疑問が顔に出てしまったようだ。

「名探偵みたいでしょ」

七瀬先輩が言った。そういえばこの数日間、僕の行動は観察されていた。逸脱をおそれる僕は、毎日、おなじものばかりを食べている。

「昨日はごめんなさい。本当はあんな方法で勧誘するつもりじゃなかったんだ」

「もういいんです。驚いたけど」

「文芸部には、だれか他の子を誘うことにするよ。入ってくれそうな友だち、だれかいない？あ、ごめん……。いないよね」

「なんであやまったんですか。どうせ僕に友だちはいませんよ。観察していたからわかってるんでしょうけど」

「ねえ、それよりさっき一瞬だけ画面が見えたんだけど、文章が映ってたよね」

電源の消されたディスプレイに先輩は視線を向けた。

「宿題のレポートを書いてたんです」

「見せて」

電源ボタンにふれようとするので、僕はボタンを手でおおった。先輩はゆっくりと腕組みをして、問いかけるような視線を向けた。

「レポートは基本、横書きでしょう。でも、さっきのファイルは、縦書きレイアウトだった。小説を書く人のなかには、縦書きでないと気分が乗らないって人がいる」

返答に困る僕に、七瀬先輩が続けた。

「小説を書いたことがないっていうのは嘘だったんだね。いつごろ書いてたの？」

あきらめて、白状することにした。

「十四歳。中学二年のときです。でも、もうやめたんです」

「どうして？」

母の泣いている顔が一瞬よぎる。血液型のことを質問した日のことだ。その日から僕の物語は途切れてしまった。だまり込んでいると、七瀬先輩が言った。

「読みたい。読ませて」

「いやです。ちょうどこれからサーバー上のデータを削除するところだったんです」

「なんで⁉」

「そうしないと、あきらめたことにならないじゃないですか」

「あきらめる？　どうせ消すのなら、読ませてくれたっていいじゃない」

「恥ずかしいじゃないですか。中学生が書いた幼稚な文章なんですよ？　冒頭部分で終わってるし、それに、他の人に読まれるのはこわいんです」

「こわい？　おもしろくないって断言されるのが？　でもどうせもう書く気はないんでしょ？　それなら、なんて言われても、逆にすっぱりあきらめられていいんじゃない？」

「それはそうですけど。僕が書いたものを読むことで、先輩は、僕の頭のなかをのぞくわけじゃないですか。こいつは普段、こんなことを考えてるんだなあとか、そういうのが見えてくるわけじゃないですか。そんなの恥ずかしいじゃないですか」

「だから読みたいんだよ」

意志の強そうな目が、僕を真正面からとらえる。

「それできみのことが、わかるでしょう？　私はきみのことを、わかりたいんだよ」

そのとき七瀬先輩が、驚いた表情でＰＣ室の入り口に視線を向けた。

「あ！」

この世の終わりというような蒼白《そうはく》な顔だった。何が起こったのだろう？　視線を追って振り返る。しかし、特筆すべきようなことは何もない。

かちり、とディスプレイの電源ボタンの押される音がした。七瀬先輩が言った。

「こんな古典的な方法にひっかかる子がいるとは」

明るくなった画面に文章が表示されていた。先輩は早くもマウスのホイールでウィンドウをスクロールさせ、全部でどれくらいの文字数があるのかを確かめている。

「……いいですよ。わかりましたよ。読んで感想をください。本当はいやだけど、しかたないですね」

先輩の強引さに負けた。だけど本当は、やっぱりだれかに読んでもらいたかったのかもしれない。完成してないけど、自分の書いたものがどの程度のものか、客観的な評価を聞きたかったのかもしれない。

ＰＣ室のプリンタで原稿を印刷し、ログアウトしてパソコンの電源を切った。先輩はその場でＡ４用紙に印字された僕の小説を読みはじめる。目の前で自分の文章を読まれることに耐えきれず、僕はＰＣ室を後にした。


購買のカツサンドとコーヒー牛乳は、すでに売り切れていた。しかたなく、あんパンを買ってベンチで食べたが、味はしなかった。緊張で心臓がばくばくしている。読ませるべきじゃなかった、という後悔が何度もよぎる。

何度も時計を確認した。そろそろ読み終わっているころだろうか。どんな感想を言われるのだろう。聞きたくないけれど、聞かなければならないんだろうな。僕はベンチから立ち上がり、ＰＣ室のほうへ向かう。

階段をゆっくりと上り、廊下を進んだ。足取りも気分も重かった。自分の書いた小説を七瀬先輩が読んでいると思うと、いたたまれなかった。先輩は一体、どんな顔をして、僕の小説を読んでいるのだろう。

剣と魔法のファンタジー小説なんて、とバカにされているかもしれない。こんなものは小説じゃない、と思われているかもしれない。社会性がない。現実と向き合えていない。どこかで読んだことのあるような二番煎《せん》じの小説だ。文章がヘタ。構成がなっていない。おもしろくない。人間が書けていない。どうでもいい。読むに値しない小説。志が低い。自己満足。キモチワルイ。極めて幼稚。あなたおいくつ？　ネガティブな僕には、自分の小説に向けられるそんな評価だったら、いくらでも思い浮かべることができた。やがて先輩のもとへと向かう足は、静かに止まってしまう。

ちょうど知識の橋を渡ったあたりだった。生徒たちの騒ぐ声が聞こえる。僕はこのまま、七瀬先輩のところに行かないことだってできる。

再び小説を書くつもりなんてなかったし、文芸部に入るつもりもなかった。七瀬先輩は文芸部を廃部にしたくなくて、僕を誘っているだけだ。きみのことをわかりたい、なんて言っていたけれど、だれにだってそう言っているのだろう。

数人の男女の生徒たちが、何かをしゃべりながら隣を通りすぎていった。楽しそうにふざけ合いながら。廊下の隅に立っている僕に、気付くようなそぶりもなく。

中学に入ったころから、僕はとても地味な生徒だった。だれにも興味を持たれることはなく、いつだって小石のように黙殺されがちだった。言葉を交わす相手がいないわけではなかったけれど、それはただクラスを六か七で割ったときに出た〝あまり〟同士で、つかず離れず身を寄せ合っていただけだ。

だけど……。

小説を書いていた。

あのころ、わくわくするような気持ちで文字を紡いだ。〝自分だけの星を創る〟気持ちで。ちっぽけな自分の脳が創り出す、無限の世界に夢中だった。キーボードをたたきながら、主人公と一緒に、遠い旅に出ようとした。自分の世界を創りながら、だれかに読んでほしい、と、きっと願っていた。自分の創った世界を、だれかと共有したい。そしてひとときでも、その人と一緒に旅がしたい。

足が自然に七瀬先輩のもとへと動き出した。

期待しちゃいけない、とずっと心に言い聞かせてきた。僕のようにネガティブな人間には、タマネギのように何層もの皮がある。期待したらしたぶんだけ、それが叶《かな》わなかったときに傷つき、落ち込んでしまう。だから期待しちゃいけない、と何層もの皮を作る。ずっとそうやって、自分を護《まも》ってきた。

角を曲がるとPC室だった。ガラス張りの壁の向こうに七瀬先輩の姿を探す。気付けば昼休みの残り時間が少なくなっていた。先輩はさっきとおなじ場所にいた。彼女の手元で僕の小説が、ぺらり、とめくられる。

そのまま一歩も動けなくなったのは何故だろう。

緊張と、おびえと、恥ずかしさと、いたたまれなさが、全身を包み込む。だけどそれだけじゃなかった。恍惚《こうこつ》というか、喜びというか、ずっと自分の奥深くにしまい込んでいた何かに、僕はゆっくりと気付いていく。

ぺらり、ぺらり、ぺらり、ぺらり、ぺらり、ぺらり。

一枚ずつ、タマネギの皮がむかれていった。ちっぽけな自分を護るためにできた何層もの皮が、はがれ落ちていく。それは家族の秘密を知って、物語を書くのをやめて、さらに厚くなった皮だ。だけど何層にも積み重なった皮の一番奥には、〝期待〟が残っている。自分とか、自分の創り出す世界に期待する気持ちが、本当は僕のなかにもまだ残っている。

ガラスの向こうの時間が、静かに流れた。やがて最後まで小説を読んだらしい七瀬先輩が顔を上げ、ふう、と、息をつくような仕草をする。何かを思案しているような表情にも見えるし、何も感じていないような表情にも見える。僕の小説を読んで、七瀬先輩は何を思ったのだろう。

期待してしまったぶんだけ、恐怖の感情が押し寄せてきた。これはヒドい小説だ。社会性が全くない。読まなければよかった。私の時間を返してほしい。私の時間を返してほしい。私の時間を返してほしい。

そのとき昼休みの終了を告げるチャイムが鳴った。我に返ったように体を動かした七瀬先輩と目が合う。先輩は驚いたような表情をする。ＢＧＭみたいなチャイムの音が終わる。プリントを片手に七瀬先輩が立ち上がる。

僕は自分の教室に向かって、逃げるように走り出した。

◇

その封筒に気付いたのは帰宅して夕飯を食べてお風呂《ふろ》にも入って自分の部屋で自己嫌悪に陥りながらあと数十分で日付が変わるというタイミングだった。明日の準備でもするかと鞄を開けてみると、見知らぬ封筒が入っていた。それを握りしめながら、僕は檻《おり》のなかの熊のように、部屋のなかをぐるぐる歩き回った。

どういうことだろう。一体、これはどういうことなんだろう。

封筒の表に、〝高橋光太郎くんへ〟という文字と〝佐野七瀬〟という文字があった。これは七瀬先輩から僕への手紙で間違いない。だけどこんなもの、いつの間に、ここに入れたのだろう。
ニンジャなんだろうか、と、半ば本気で疑っていた。諜報《ちょうほう》はするわ、籠絡《ろうらく》はするわで、あの人の行動は名探偵というよりニンジャじみている。女の人だから〝くノ一〟なのかもしれないけど、そんなことはどうでもよかった。彫刻刀の刃先には『く』形と『ノ』形と『一』形があって、それらを板に刺すと〝くノ一〟という文字が彫れるけど、そんなことはもっとどうでもよかった。

　なかなか読む勇気が出なくて、封筒を持ったまま部屋のなかを歩き続けた。だけど読まないわけにはいかない。七瀬先輩からの手紙ということは、小説の感想なのだろう。昼休みが終わったとき、僕はＰＣ室から逃げるように走り去ってしまった。あの後、授業の内容そっちのけで、どうしよう、とばかり考えていた。いくらなんでも、逃げ去るってのは幼稚すぎた。放課後になり、図書室に行けば先輩に会えるかと思って行ったけど、会えなかった。文芸部が活動しているという実習室Ｂに行ってみようかとも思ったけど、そこまでの勇気は出なかった。なのにいつの間にか、この手紙が鞄に入っていた。

　封筒には四つ葉のクローバーの形をした小さなシールで封がされている。決意した僕は、シールをはがす。便せんが数枚入っている。

　よし、少し休憩をしよう。僕は台所で水を飲んだ。ベッドに腰かけて深夜ラジオを聴き、携帯ゲームを少しだけやって、日付があたらしくなったころ、ふたたび便せんを手に取る。そのころには、ひとつの思いが胸の中に生じていた。
そんなに辛辣《しんらつ》な感想は書かれていないんじゃないかな。
七瀬先輩は僕に文芸部へ入部してほしいはずだ。それなら、僕が文芸というものから離れていかないように、たとえ小説がひどかったとしても、そこはオブラートにくるんだような物言いでやさしく書いてくれているはずだ。むしろ執筆意欲がわいてくるように、ほめてくれているかもしれない。僕がほめられて伸びるタイプだというのを、もっともっと十分にアピールしておけばよかった。さあ、心軽やかに読んでみよう。

高橋光太郎くんへ
今日は小説を読ませてくれてありがとう。感想を聞かせたかったけれど、高橋くんが逃げてしまったので、お手紙で伝えることにしました。高橋くんの小説に、私はすっかり驚かされました。あまりにもひどい文章に、頭痛がしてきて、吐き気をこらえるのが大変だったのです。数行を読んだ時点で思いました。私の時間を返してほしい、と。

手紙はまだ続いていたけれど、ひざから崩れおちた。時間を返してもらいたがるの、早くないですか先輩。目をつむり、みぞおちあたりに押し寄せてくるショックの波をやりすごそうとする。忘れよう。現実逃避をしろ。自分に言い聞かせる。

少し前にテレビのバラエティで見た、ゆるキャラたちが大縄跳びをする企画を脳内再生した。一体のゆるキャラが縄跳びにひっかかって転び、首のつなぎめから中の人を露出させてしまった。しかし、他のゆるキャラたちが全員一丸となって壁を作り、中の人がカメラに映るのを阻止していた。なんとなごむ光景だろう。おかげで僕の精神的ダメージが散らされる。続きを読むことにした。読みたくはないけれど。

高橋くんがあの小説を書いたのは中学二年生のときだったそうですね。それなら納得です。あのように痛々しい文章のことを、世間では「中二病」などと言い表すのです。作中で日が暮れるときの表現が特に忘れられません。「赤き光が地に沈み、夜の帳《とばり》が翼を広げ、世界を暗い闇の懐の奥深くへと覆い隠した……」などと書いてありましたが、鼻で笑ってしまいました。しかもまったくおなじ表現が三回も出てきましたね。日没の度にそれを読まされる読者の気分が想像できますか？　もっとシンプルで読みやすい表現のほうが好まれると思いますよ？

脳内でゆるキャラたちに助けをもとめたが、彼らは満身創痍《そうい》の僕に向かって首を横に振るばかりだ。確かにそうだ。心をなごませてくれたってもう遅い。僕は先輩に言いたかった。しかたないじゃないか！　中学二年の僕は、それが格好いいと思っていたんだから！

もちろん、凝った表現を多用して小説を書いたって私はいいと思います。吐き気をこらえたなどと書いてしまいましたが、それは冗談です。高橋くんの小説には、他にもいくつかの欠点がありました。例えば会話が冗長です。登場人物の書きわけもできていないし、だれがどの台詞をしゃべっているのかもよくわかりません。一人称だったのが、急に三人称になったりと、混乱させられます。文法の間違いも頻出し、途中で読むのをやめようかと思ったくらいです。だけど、最後まで読んでよかったです。

主人公が旅に出発するとき、家族にわかれを告げるシーンがありましたね。私はそこで、ほろりとさせられました。気取った文章に対する、それまでのいらつきも、すっかり消えました。そこに描かれていた、旅立つ少年の内面に、普遍的なものを感じたのです。部員獲得のためにほめているわけではありません。もしもそうだったとしたら、欠点なんか指摘しません。私は思うのです。どんなに駄目なところがあったって、どこか一カ所でも胸にひびく言葉があれば、それはいい小説だったなと。以上が私の感想です。ありがとう。

便せんをめくると、最後に白色の紙があった。高橋の最初の点だけ打った入部届だ。端の空白部分に、先輩の筆跡による走り書きがある。だけどその一文を見なかったことにして、丸めてゴミ箱に捨てた。音を立てながらベッドに横たわる。

耳をすますと、弟の部屋から話し声が聞こえてきた。だれかと電話をしているらしい。友人とだろうか。それとも恋人とだろうか。

先輩の感想に混乱していた。ほとんどは辛辣な言葉だったけれど、それでも最後には救いがあった。中学二年生のとき夢中で書いていた日々のことを思い出す。僕は何度か寝返りを打ち、起き上がると、ゴミ箱から丸めた入部届を拾い上げた。広げてしわを伸ばし、先輩の走り書きをながめる。

まだ、書きたいという気持ちは残ってる？

そりゃあもちろん書きたいですよ。だけど書けないんですよ。七瀬先輩に言いたかった。

小説を書こうと決めたとき、僕はやる気にあふれていた。何かをしようと自ら奮い立ったのは、人生で初めてのことだった。それなのに、その物語はすぐさま途切れてしまった。

原因は両親との関係の変化にあるだろう。自分の出生のことと無縁ではない。僕の読書体験や執筆の動機は家族とともにあった。その家族と自分が切り離されたように感じて、同時にまた、物語を創る力も失われてしまったのだ。

だけど、個人的なそれらの問題を飛び越えて、物語を紡ぐ方法があるのなら。

その方法を、教えてもらえるのなら……。

第二章　小説の書き方

昼休みの屋上には、僕しかいなかった。購買で買ったカツサンドを食べながら、遠く海へと続く運河を見つめる。テトラパックのコーヒー牛乳を最後まですすると、ずずず、と小さい断末魔みたいな音が聞こえる。

昨夜、眠れずにずっと考えていた。僕は小説が書きたいのだろうか。今の自分に小説が書けるのだろうか……。

何も知らず、無邪気だった子どものころは、空想の物語を創るのが好きだった。弟とマリオのゲームをするとき、ゲーム空間の外に広がっている世界や、小さなサブキャラの生い立ちなどを夢想した。ゲームを終えると、それらの空想を弟に話し聞かせた。例えば、マリオ兄弟にあこがれているのに踏まれてばかりの可哀想なクリボー三兄弟の話。本当はクッパより強いけど実力をひた隠しにしている亀《ノコノコ》が一匹だけいるという話。

『追憶のエアライザー』という、ロボットSFの話を空想したこともあった。武器や兵器の絵を描いて、妄想した設定をメモした。弟は学校にそれを持っていって人気者になったらしい。

小説とも呼べない、世界設定の羅列のようなメモ書きなのに。もっと書いてくれ、続きを書いてくれ、と頼まれたりもした。だけどそんなのは小学生のころの話だ。

まだ、書きたいという気持ちは残ってる？

書くと決めたなら、自分が今まで蓋《ふた》をして逃げてきた何かと、向き合わなければならないのだろう。小説を書くのをやめてから、何層もの殻を作って閉じこもり、だれにも心を開いてこなかった。嫌われたくない、傷つきたくないという、ディフェンス力ばかり高くなった。そんな自分に今、書けるのだろうか。ネガティブで、文章力もなくて、あるのは不幸力だけの自分に、小説なんて。

びゅう、と屋上に強い風が吹いて、耳を隠すために伸ばしていた髪が揺れた。同時に、がちゃん、と背後から音が聞こえる。柵《さく》の前で運河を見つめていた僕の背後に屋上へ出る鉄製の扉があって、たぶんそれが開いたのだろう。昼休みにわざわざこんなところに来るのは僕くらいで、あともし来るとしたら、僕の命を狙うニンジャくらいだ。

「いい風」

ちら、と確認すると、やっぱり七瀬先輩《ニンジャガール》だった。

「……あの手紙、いつの間に入れたんですか？」

「放課後。図書室の机に、鞄《かばん》が置きっぱなしだったから」

隣に立った七瀬先輩が、緩い日差しに目を細めた。明るい色の髪が風で揺れる。伸ばしている途中なのかもしれないけど、もっと短いほうが似合っているのにな、と思う。

「厳しいこと書いちゃってごめん。でも正直に書いたつもりだから」

「わかってますよ」

僕は制服の内ポケットから、くしゃくしゃになった紙を出した。

「文芸部、一旦《いったん》、入りますよ」

眠れずに空が白み始めたころ、点の続きの文字を書いた。僕の名前が書かれた入部届を受け取り、先輩が、にっこりと笑った。

◇

放課後、実習室Bのドアを開けると、「うひゃあ！」という悲鳴らしきものが上がった。こちらに背を向けて座っていた男子生徒が、目を大きく見開いて僕を振り返っている。楳図《うめず》かずお先生の漫画で見たことのあるような驚愕《きょうがく》の表情だ。

「あの……、どうしたんですか？」

ぱく、ぱく、と、その人は金魚が水面で呼吸するように口を動かしたが、声はなかった。

「座ってもいいですか？」

うん、うん、と、その人はうなずいた。僕はとまどいながらも、まだ固まっているその人を回り込むように、ミーティング机の端まで歩いていった。何をしゃべればいいのかわからなくて、僕とその人はしばらく見つめ合った。

「ひゃあ！」

また驚きの声を上げた男子生徒に、こっちのほうが驚いてしまった。男子生徒が振り向いた先を見ると、七瀬先輩がドアを開けて入ってくるところだった。

「あー、高橋くん、遅れてごめんね。もうすぐみんな来るから」

七瀬先輩は驚いた表情を崩さない男子生徒の横に立つ。

「紹介しとくね。こちら二年生の鈴木潤《すずきじゅん》くん。ホラー小説を書いているんだ」

鈴木先輩は、おどおどした様子で僕にお辞儀をした。よろしくお願いします、と、僕が挨拶《あいさつ》を返したとき、ドアが開いて、鈴木先輩がまた奇声を発した。

室内に入ってきたのは、メガネをかけた細身で背の高い女子生徒だ。

「あ、副部長！」

「おお、そちらが例の？」

「そうです、一年生の高橋光太郎くん」

「ござるか」

ござるか、と聞こえた気がしたけど、気のせいかもしれない。

「副部長の水島美優《みずしまみゆ》だ。よろしく、高橋くん」

「あ、よろしくお願いします」

頭を下げた僕に、にやりと口角を上げ、水島副部長は七瀬先輩の隣に座った。

「ついに新入生とは、七瀬、でかしたぞ」

「ええ。何回もお願いしたんですよ」

「それはまさに栗原山中七度通《くりはらさんちゆうななどがよ》いといったところか。三顧の礼もびっくりの」

「ああ、そうですね。わかります」

わかっているのかいないのか、七瀬先輩はこくこく、と首を動かす。

「あの」

と、僕は声を出した。

「栗原山中ってなんですか？」

「知りたいの？」

「知りたいです。なんですか？」

「ござるか」

気のせいかもしれないけれど、また、ござるか、と聞こえた。七瀬先輩が眉間《みけん》にしわを寄せるのと同時に、水島副部長は語り出した。

「栗原山中七度通いとは、後の太閤秀吉《たいこうひでよし》が、軍師、竹中半兵衛《たけなかはんべえ》を口説いたときのエピソードだ。秀吉は半兵衛を召し抱えるときに、三国志の三顧の礼のように、何度も彼のもとに直接足を運んだんだ。三顧の礼は、中国の三国志で、蜀《しょく》を建国する劉備玄徳《りゅうびげんとく》が、軍師として諸葛亮孔明《しょかつりょうこうめい》を迎えるべく、上下関係の常識にとらわれず、自ら三度、諸葛亮のもとを」

「うひゃあ！」

鈴木先輩の奇声によって水島副部長の話がさえぎられた。見ると、髪をおさげにした女子生徒が、ドアを開けて入ってくる。僕よりも背が低いけれど、学年章は三年生のものだ。

「こちら、新入生の高橋光太郎くん」

「あら、まあ、男の子。中野花音《なかのかのん》です。よろしく」

中野先輩は軽く会釈して、僕を観察するような目で見つめる。

「これで、あとは井上《いのうえ》部長だけだね」

と七瀬先輩が言った。文芸部は三年生が三人、二年生が二人、一年生が僕だけ、という構成らしい。

「あの、井上部長ってどんな人なんですか？」

「アニメとかライトノベルにくわしい。近隣の高校にも知られているくらいだ。あとは声優が好きすぎるというか、好きすぎて困る。まあ、しかし得意なジャンルがあるっていうのは弁慶《べんけい》の薙刀《なぎなた》とか、龍馬《りょうま》の拳銃《けんじゅう》みたいにあ」

「うひゃん！」

また何かの決まりごとのように鈴木先輩が奇声を上げた。部屋に入ってきたのは、メガネをかけた、人なつっこい顔の男子生徒だ。

「新入生か、よろしく。部長の井上だ。僕らと一緒に文化を取り戻そうな」

井上部長はいきなり僕に握手を求めてきた。にこっと笑って、座ろうとして、椅子に脚をぶつけ、いて！　と大声を出したあと、『Another』なら死んでたな、と意味のわからないことをつぶやく。

来たばかりなのに、さっそく僕は不安になってきた。井上部長だけではなく、それぞれの部員に世界観があるというか、ありすぎるというか、とにかく打ち解けられる気がしない。意思の疎通はできるのだろうか。

「じゃあ、始めるぞ」

いきなり部長を中心としたミーティングが始まった。テーマは歓迎会についてで、驚いたことに明日、僕のために歓迎会を開いてくれるらしい。時間や場所、買ってくるお菓子などを、彼らは話を脱線させながら決めていく。あっという間に話はまとまり、相談することがなくなっても、部員たちのおしゃべりは止まらない。小説の話はだれもしなかった。

僕は小さな声で七瀬先輩にたずねる。

「あの、小説のことはだれに訊《き》くのが一番いいんですか？」

「うん」

携帯電話を取り出した七瀬先輩が立ち上がった。そのまま窓際に歩いていく彼女に、僕はついていく。

「原田《はらだ》さんっていうね、ＯＢがいるの。歓迎会に来てくれるように、メールで頼んであげる」

先輩は窓際でメールを打ち出した。

「小説の書き方に詳しい人だから」

蛍光灯がまたたきながら点《つ》いた。室内が白い明かりで照らされ、窓ガラスに僕たちの顔が映り込む。

文芸部の先輩たちは、ようやくおしゃべりを切り上げたようだ。窓際にずらりと並んでいるデスクトップのパソコンのうち、それぞれ好きな場所に陣取ってキータイプの音をひびかせはじめる。先輩たちはそれぞれ自分のオリジナル小説を書いているらしい。他人が執筆しているところを見るなんて、初めての経験だ。

「高橋くんも自由にパソコン使っていいよ。あと一時間くらいで出なきゃならないけど。あんまり遅くなると、見回りの先生がやってきて追い出されるんだよ」

七瀬先輩に言われたけど、まだ小説に向き合う気力がわかなかった。ずっと中断していた執筆を、そう簡単に再開できるわけがない。正直言ってこわいのだ。小説を書きたいけれど、同時にまた、書くのがこわい。暗闇のなかを進むような、心許《こころもと》ない気持ちにさせられる。

「僕の場合、いきなりあの小説の続きを書きはじめるというのは、どうなんでしょう。まだ初日ですし。もっと、こう、簡単なことから……」

だから今日はひとまずマインスイーパーでもやりましょう、と提案しかけたとき、七瀬先輩がうなずいた。

「確かに一理あるね。このまま例の続きを書いたって、あんなにひどい文章じゃあ、読まされるこっちが迷惑だもの。頭痛薬がいくらあったって足りないよ」

「あの……、退部届を書いてもいいですか」

七瀬先輩は僕の声を無視して、文芸部の備品が詰め込まれたロッカーから一冊の本をひっぱり出した。濃い緑色の表紙の中公新書だ。

『理科系の作文技術』　著者・木下是雄《これお》

「なんですか、これは？」

「理系の論文を書く人のための、文章の指南書みたいなものだよ」

本を受け取りながら、とまどってしまう。

「でも、理系の論文なんて書く予定はありませんよ？」

「論文も、小説も、文章表現という点ではおなじ。特に高橋くんみたいな〝患者〟には、その本が特効薬になると思う。今日はそれでも読んでなよ」

僕に背を向けた七瀬先輩は、自分の作業を始めた。小説の印刷された紙束を取り出して赤ペンを片手に読みはじめる。後で聞いたことだが、それは中野花音先輩が書いた恋愛小説で、七瀬先輩はその校正作業をしていた。ちなみに中野先輩は、ＢＬ小説を得意としていた。ＢＬとは、ボーイズラブの略称であり、男性の同性愛を題材としたジャンルである。

僕は『理科系の作文技術』という本を読みはじめた。七瀬先輩がその本を薦めた理由はすぐにわかった。僕の文章は装飾過多だ。クリスマスの時期に出現するイルミネーション民家のように、ごてごてとよけいな表現がくっついている。しかし『理科系の作文技術』に書かれていたのは、それとは逆の文章を作るための方法だった。簡潔な表現で人に伝わるような、シンプルで機能的な文章。余計な装飾をそぎ落として、軽量化された言葉のつらなり。七瀬先輩は、この本によって僕の文章をいい塩梅《あんばい》に中和させようと考えたのだろう。

初めて意識して小説を書こうとしたのは十三歳のときだ。

書けなくなって、今はもう十五歳。

あと数ヶ月で十六歳。

今なら少しはまともな文章が書けるだろうか？

◇

僕の通っている高校は運河のそばにあり、いくつかの棟から成り立っている。そのうちのひとつ、交流棟と呼ばれる建物には、ホール、柔道場、剣道場、プール、カフェテリアなどが入っている。カフェテリアというのは、いわゆる食堂のことで、お昼の休憩時間になると、たくさんの生徒がそこに詰めかけ食券を購入して行列に並ぶ。

カフェテリアの窓際の一画は、リバービューラウンジと呼ばれる特別な空間になっていた。壁一面の窓ガラスのそばに、円形のテーブルがいくつか並んでおり、広々とした運河の流れをながめながら食事をすることができる。

文芸部の新入部員歓迎会は、実習室Bでやることも検討されたが、昼休み以外の教室での飲食は禁止されている。かといってどこかの店で開催するような資金はないので、金曜日にこのカフェテリアでやろうということになった。部長の井上先輩が学校側に問い合わせて、お菓子を持ち込む許可も取ってある。

放課後のカフェテリアは、がらんとしていた。リバービューラウンジの一画だけ天井が高く、吹きぬけになっている。ガラス張りの壁から外の光が入ってきてまぶしいほどだ。僕たちは持ち寄った大量のお菓子を次々と開けてテーブルに広げた。紙コップに炭酸飲料を注いで、井上部長が乾杯の音頭を取った。

「高橋くん、入部ありがとう！　乾杯！」

僕の持った紙コップめがけ、先輩たちがいっせいに杯をぶつけてくる。そんなことをだれかとやるのは、初めてのことだったから、気恥ずかしかった。先輩たちは僕が入部した経緯をすでに知っていて、それは多分、七瀬先輩が報告したからなのだろう。しかし書きかけの小説の内容までは伝えていなかったらしく、「高橋くんはどんな小説を書くの？　あと、どんな武将が好み？」などと副部長の水島美優先輩に質問された。返答を考えていると、僕の肘《ひじ》が鈴木潤先輩に当たってしまい「うひゃあ！」と声を上げさせてしまう。

「お、驚いたなあ、地縛霊が僕にふれたのかと思ったよ……」

鈴木先輩は不安そうに視線をさまよわせた。この会の主役は僕のはずだが、地縛霊に間違われるというのはどういうことだろう。

歓迎会の参加者は、在校生以外にもう一人いた。その人は遅れてやってくるらしい。僕らが、好きな本、好きな作家の話題で雑談していると、おもむろに七瀬先輩が椅子から立ち上がり、カフェテリアの入り口に向かって腕を振った。

「原田さん！　こちらです！」

他の先輩たちも入り口を振り返って顔を明るくさせた。その人はまっすぐにラウンジへ近付いてくる。運河の水面で乱反射した西日が窓から差し込んで、彼の顔をくっきりと照らし出す。

やわらかそうな髪に、やさしそうな目をした男の人だ。

「みんな、ひさしぶり」

爽《さわ》やかに笑うその人は、原田さんという何代か前の文芸部の部長らしかった。文芸部には顧問の先生もいるが、他の部との掛け持ちで、全く熱心ではない。その代わり、ＯＢの原田さんが何かと面倒をみてくれているらしい。彼は昨年、大学を卒業して、今はゲームの制作会社につとめているという。

「差し入れだよ」

円形テーブルに差し出された有名店のケーキに、部員たちのテンションが一気に上がった。開封した箱のなかには、宝石のようなケーキが並んでいる。

「今日は俺にとっても打ち上げの日なんだ」

原田さんのつとめる会社では、スマートフォン向けのゲームアプリの開発をしているらしかった。最新作に使用するシナリオが、ちょうど書き上がったところなのだという。

「メインのシナリオライターは他にいて、俺はサブなんだけどね」

原田さんはゲーム制作に関する話をいろいろと教えてくれた。プロの世界で活動しているなんてすごいことだと羨望《せんぼう》のまなざしで見ていると、原田さんは謙遜《けんそん》するように手を振った。

「小さな制作会社なんだ。おんぼろの雑居ビルに入ってるようなところだよ。人手が足りないから、俺みたいなのでも採用してくれたんだろう。文章がそれなりに書けて、そこそこの物語を創れるやつなら、だれでもよかったんだ」

「ござるか？　そこそこの物語とは一体？」

ケーキを口にふくみながら、水島美優先輩が訊いた。原田さんが買ってきてくれたケーキは、普段、食べているものよりも濃厚な味がする。

「そこそこの物語は、そこそこの物語だよ。一定の水準をキープした物語、それを安定して量産できる人材がほしかったらしい。それより水島、あいかわらず、ござるって言ってんのか」

なごやかな雰囲気のなか、僕は一人、だまり込んで考えた。一定の水準をキープした物語。原田さんは、それをいつも安定して書ける人なのだ。そういう人材はきっと、エンターテインメント業界で必要とされ続けるのだろう。

僕はおそるおそる声を発した。

「あ、あの……」

七瀬先輩が原田さんの紙コップに炭酸飲料を注ぎながら、僕に目を向けた。

「きみが新入生の高橋くん？」

人に安心感をもたらすような、落ち着いた声で原田さんが言った。

「はい、そうです。どうやったら、できるようになるんですか。そこそこの物語を安定して生み出すには、どうすればいいんですか。才能ですか？　それとも、努力でなんとかなるものですか？」

少し考えるような仕草をしたあと、原田さんは口を開いた。

「努力でなんとかなるものだよ、意外とね」

「意外と、ですか」

「みんなが思ってるほどに、特別な才能というものは要らない。目標としているハードルにもよるだろうけど、業界の片隅にもぐり込む程度なら、だれにだってできるんじゃないかな。学習し、向上する意欲があるならね」

「学習することで、物語が創れるようになるんですか？」

「ああ。物語を語る権利は、だれにだってあるものだ。必要なのは、生まれ持った特殊な能力なんかではないと思うね」

先輩たちが僕と原田さんのやりとりに耳をすましていた。

「普遍的な物語の構造ってものは確かにある。それらを学び、利用するんだ。昔話や神話のパターンは分析され研究されてきた。人が理解しやすく、またおもしろいと感じるような物語とは何なのか、多くの人がその謎を解き明かそうと心血を注いできたんだ。物語を創りたいと願った者が、だれでも等しく、物語を紡げるように。高橋くんは小説を書いたことがある？」

「はい。でも、書き上げたことはないんです」

「プロットは作った？」

「プロット？」

「物語の設計図みたいなものだよ。シナリオ理論の本を読めば、だいたいのことはわかる。連絡をくれれば、いつでも教えてあげる」

創作についての話題はそれきり出なかった。先輩たちが原田さんに進路についての相談を始める。井上部長は実家の建設会社を継ぐかどうか悩んでおり、中野花音先輩は書店員になる方法を質問していた。あっという間に時間がすぎ、僕の歓迎会は終了した。


帰宅して自室にこもり、プロットというものについて調べてみた。プロットとは、小説・戯曲・映画・漫画等の創作物における枠組み・構成のことをさすらしい。プロットを書くということはつまり、小説を書きはじめる前に最初から最後までの全体的な展開をあらかじめ決めておく、ということだろう。ぼんやりと頭のなかで想像するだけではなく、具体的にどのタイミングでどんなイベントが起こるのかを設計しておくのだ。

だけど物語の枠組みなんて、どうやって作ればいいのだろう。努力することによってだれにだってできる、というようなことを言われたけれど本当なのだろうか。シナリオ理論というのも、なんだかあやしいものだ。それで小説が書けるのだったら、世界中のみんなが作家になっているのではないだろうか。

努力したいのはやまやまだったが、

「努力の仕方がわかりません」

思いきって七瀬先輩にメールで相談してみた。しばらくすると返事が届いた。

「じゃあ、もう一度、原田さんの話を聞いてみない？」

七瀬先輩が原田さんに連絡をしてくれて、翌日の昼、僕らは街で会うことになった。


土曜日なので学校は休みだ。いつもなら昼近くまで眠っているけれど、休日に外で知り合いと会うなんて極めて久しぶりだったから、めずらしく早起きをする。電車から見える空はすがすがしい青で、すでに初夏の気配がある。

待ち合わせ場所の駅に到着し、私服姿の七瀬先輩と合流した。ファッションビルの並ぶおしゃれな街で、これからデートするような男女が何人も待ち合わせをしている。

僕と七瀬先輩はぼんやりと並んで立った。半袖《そで》から伸びる白い腕が視界の隅にちらついて僕は緊張していたが、七瀬先輩はずっとあくびをしている。毛先をくるくるともてあそびながら七瀬先輩が言った。

「高橋くんって、髪が長い子と、短い子、どっちが好き？」

「どちらかというと、短いほうが好きです」

「ふうん、そうなんだ。うっとうしいな、これ、結ぼうかな」

七瀬先輩は両手を後頭部に回し、髪をたばねて、きれいなうなじを露出させる。

「髪、切らないんですか？」

「高橋くんこそ」

そのとき七瀬先輩が僕の肩越しに原田さんを見つけ、大きく手を振った。振り返った僕は、親切な原田さんにお辞儀をする。合流した三人は、近くのファミレスに向かった。

原田さんは午後から会社へ顔を出さなくてはいけないらしい。僕らはそれまでの間、ファミレスでランチを食べ、ドリンクバーのジュースを飲みながら小説執筆の話をした。僕は思い切って直接的な質問をしてみる。

「どうやったら小説を書けるようになるんでしょうか？」

コーヒーカップを置いた原田さんが、僕の目をゆっくりと見た。

「まず、はじめに聞きたいんだけど、きみは自分に才能があると思ってる？」

返答に困っていると、彼は茶化すでもなく真剣な口調で続けた。

「すまないが、はっきりと言うよ。おそらくきみに才能はない」

隣で七瀬先輩がコーラを吹き出しそうになって、二、三度むせた。

「きみが書いた原稿を読んだわけじゃないけど、そんなことくらいはわかる。小説を書く才能がきみのなかに存在する、という確率はゼロに近いだろう。完全なゼロではないが、近似値を取ってゼロだ。悪気があって言ってるんじゃないよ。これはシンプルな数学の話なんだ。今の世の中に、どれだけの作家志望者がいると思う？　そのなかの何人が作家デビューできると思う？　しかもデビューして終わりじゃない。デビューできた人のうち、何人がその後も生き残って作家としての活動を続けていると思う？　もうわかるだろう？　作家志望者の総数にくらべて、作家としてやっていけるやつなんて、ほんの一握りの数しかいないんだ。つまり、小説を書ける才能なんてのは、ごく少数の者のなかにしかないんだよ。宝くじをひきあてるような確率だ。きみのなかに都合よくそんな能力が眠っていると思うか？　もしかしたら自分にだって才能はあるかもしれない、なんてあわい期待は抱くもんじゃない。自分には才能なんてない、と考えておくべきだ。俺だってそうなんだ」

「原田さんも、ですか？」

驚いたのは僕だけではない。七瀬先輩が言った。

「いやでも、原田さんには才能があるじゃないですか。だって実際に物語が創れて、それでお金をもらっているんですから」

ずっとやさしい目をしていた原田さんが、冷たい眼差《まなざ》しを七瀬先輩に向けた。人を見下すような冷酷な表情だった。

「それはちがう。俺にはひとかけらも才能なんてない。そして七瀬、お前は今、俺を侮辱したんだぞ。俺がどんな気持ちで、物語を創る技術を身につけたのか、お前は今、その一切の努力を否定したんだ」

原田さんの強い口調に、七瀬先輩の顔が一瞬で曇った。

「……すみません」

「いや、いい。話を続けよう」

ファミレスのテーブルをはさんで原田さんが僕に目を向ける。

「残念ながら、俺たちは才能のない凡人なんだ。そんなことを言われてきみはとまどっているだろうが、少なくとも俺はそのことを自覚しているよ。何作も小説を書いたけれど、まったくだめだった。十代のうちに作家として活躍しているやつだっているのに、俺はよくても新人賞の最終選考止まりだ。何か決定的なものが自分の作品には足りないんだろうな。だけど俺には、将来、エンターテインメント業界ではたらきたいという夢があった。小説じゃなくたっていい。アニメの脚本、ゲームのシナリオ、なんだっていいから、俺は自分の好きな世界で仕事をしたかったんだ。子どものころからのあこがれだった。なあ、俺たち凡人は、才能がないってことくらいで、その夢をあきらめなくちゃならないのか？」

土曜のお昼時のファミレスは混雑していたけれど、原田さんの言葉はよく聞こえた。それが正真正銘、彼の切実な言葉だったからだろう。

「才能がなくたって、物語を紡ぐ権利は、だれにだって等しくあるべきだと俺は思う。そしてありがたいことに、世の中には、俺みたいに夢をあきらめきれないやつが大勢いたんだ。そりゃあそうさ。世の中の大半は俺みたいな、何の力もない人間で成り立っていて、社会はそういうやつらが動かしている。物語を創りたいが、その力を持たない俺たち凡人は、せめて才能のあるやつらに近付こうと、物語を科学的に分析したんだ。その結果がシナリオ理論とかシナリオ作法だとか呼ばれているものだ。これは昨日も話したっけ。ともかく、物語に関する研究は、大資本の動くハリウッド映画の世界で盛んに行われた。脚本の出来不出来で莫大《ばくだい》な金額が動くわけだから当然だ。ハリウッドで論じられ、実践され、効果が認められた様々な理論が、翻訳されて日本にまで伝わってくるんだ。そして俺みたいなやつが、すがるようにそれを手に取る。才能のある人間は、物語というものがどんな風に成立しているのかを、無意識のうちにわかっているんだろう。だけど俺たちは、シナリオ理論の本を熟読することで学ぶんだ。力を持たざるものは、道具によって道を切り開くしかないんだ」

自分の夢を実現するため、原田さんはシナリオ理論を必死に学び応用しようとした。そうして身に付けた有名なシナリオ理論のいくつかを、惜しげもなくその場でざっくりと教えてくれた。

ハリウッド映画でもっともメジャーな、物語を三幕で構成し、ふたつのターニングポイントを設置するやり方。セットアップやミッドポイントと呼ばれる概念。ブレーク・スナイダーという人が提唱した、物語の流れを十五個に分割する方法。あるいは昔から日本でもよく知られる大箱と呼ばれる構成表。七瀬先輩はメモを取っているが、僕は原田さんの話を聞くことに集中する。

「格闘技とおなじで、シナリオ理論にもいくつかの流派がある。系譜と言うべきかな。それによって、合う合わないがあるだろうから、何冊か本を読んでみて、自分に合ったものを見つければいいよ。すぐにはうまく使えないかもしれないが、自転車とおなじで、次第に使いこなせるようになるから」

原田さんは物語の研究のため、映画のＤＶＤを再生しながら作中で起きた出来事を分刻みで書き出し、脚本家の思考をトレースすることもあるという。

「そんなことまでやるんですか？」

「プロの小説家だってやっていることだよ。下っ端の俺がそれくらいのことをやらないでどうする？　だけど、シナリオ理論なんて無駄だという意見もある。そんなやり方をすればどれも似通ったものしかできない、小説というものはそういうものじゃなく、感性で書くべきものだ、という主張だ。あの男もそうだった」

原田さんの目はまた冷淡な色を帯びた。

「あいつは才能という宗教を信じすぎているんだ。シナリオ理論の科学性とは真逆だ。あの男はただ、何もせずに祈っているだけなんだ。創作の神が降りてくるのを」

「……あの男、というのは？」

一息ついたあと、原田さんは首を振った。

「いや、なんでもない。そういえば、知ってるか？　才能って言葉を英語でギフトって言うんだ。天から与えられた贈り物ってわけだ。まさしく宗教だよな。学ぶことも、独自に分析することも放棄して、闇雲に自分の感性などという不確かなものだけを信じている。そういう者たちは、天からの贈り物が自分のなかにも眠っていると信じたいだけなんだ。自分の夢に対する怠慢だと思わないか？　彼らは、ただ祈ることでしか、夢を実現する方法を知らないんだ。そんなやつらと話をするとき、俺はどうしようもなく、もどかしい気持ちになるんだよ」

原田さんはまた苦虫を嚙《か》みつぶしたような顔になった。普段はやさしいのに、たまに浮かべる酷薄な表情は、つまり彼らに向けたものだったのだ。自分の能力を客観的に評価し、夢に向かって一歩ずつ自分の足で前進している原田さんにとって、自分に才能があることを信じているだけで一切の努力をしていない人たちが不快なのだろう。

「救いようのない馬鹿だ。感性がそんなに大事か？」

「あの」

と、僕は声を出した。原田さんの言うことは正しいと思ったが、才能や感性というものを、頭から否定してしまう必要があるのだろうか。僕にだってやっぱり心のどこかで、自分にもほんの少し才能があるんじゃないか、と期待している気持ちがあるのだ。

「原田さんの言われることは正しいと思います。でも、もし本当に独特な感性を持った作家志望者がいたとしたら、その人はシナリオ理論を使わないほうが個性的なものを書けるのではないでしょうか？」

「ああ。おそらく、書けるだろう。だけどそれが世間に受け入れられるかどうかは別問題だ。

あまりに個性的なものは、一般読者を置いてきぼりにする。だから本当は、そういうやつこそ理論を学ぶべきだ。誤解されがちだけど、シナリオ理論は感性をおさえつけるようなことはしない。独特な感性を阻害することなく物語構造を提供してくれる。ワープロソフトとおなじで、執筆を補助するアプリケーションと思えばいい。おなじワープロソフトを使ったからって、作品がどれもおなじにはならないだろう？　独特な世界観を持っていながら感性だけを頼りに執筆して、結果としてくすぶってるやつがいるとしたら、それこそもったいないことだ。素質を持っているくせに磨こうとしない。そんなやつのことを、俺は軽蔑《けいべつ》しているんだ」

原田さんはしばらくぶりにコーヒーカップに手をやった。自分に才能がない、と言い切る原田さんのことが大きく見えた。自分にできるだろうか、と考えてみる。この人みたいに、才能がないと自覚することが自分にはできるだろうか？　口にするのは簡単だけど、心の底からそのことを理解し、それでもまだ、夢に向かって進めるものなのだろうか。

才能がないと認めるのは、きっととてもつらいことだ。「きみには才能がない」と何度か言われた僕でも、心のどこかでは、やっぱりまだ、ひとかけらでもそれがあることを信じたがっている。自分には何もない、と認めるのがこわいのだ。自分が何の力も持たない人間なのだと覚《さと》るのは、絶望することと同義だ。

人を惹《ひ》き付け、感動させ、夢中にさせる。

物語というのは神秘だ。

だけどシナリオ理論はその神秘をはぎ取ってしまう。物語の歯車を露出させ、なぜ物語が物語の形をしているのかを科学的な視線で解明していく。自分自身の才能を過信するような甘えがあれば、シナリオ理論という道具の切れ味は鈍くなるのだろう。こんな理論に頼るより、自分の感性を大事にしたほうがました、と考えるからだ。だからシナリオ理論を使いこなすには、まずは自分の心と対峙《たいじ》する必要がありそうだ。その道具に見合った精神でなければならないのだ。

僕はおそるおそる、正直なことを口にした。

「……僕は、僕のなかには、原田さんが軽蔑する信仰心のようなものがあるようです。自分を信じたい、というかすかな願いです。それを失ったら、もう文章が書けなくなるような気がして、おそろしいんです。でも、シナリオ理論のことも、勉強してみたいと思うんです」

こわくて視線を上げられなかった。しかし原田さんのゆかいそうな笑い声が聞こえた。

「うん、まあ、正直でいいと思うよ。だけど一つ誤解があるな。俺が軽蔑しているのは、信仰そのものじゃない。ただ祈るだけで、努力しない者たちのことだ。ついでに言うと、才能を持った者たち、天才と呼ばれる者たちのことを、俺は畏怖《いふ》し、尊敬もしている。もしかしたら、祈ることしかしない連中よりもずっと、天才の偉大さを認識しているし、その出現を待ち望んでいる。俺たち凡人が長い年月をかけて練り上げたシナリオ理論なんて、木っ端みじんにふっとばしてくれるような、まったくあたらしい次元の物語を創れるのは、きっと彼らのような存在にちがいないからね」

やがて原田さんが仕事に向かう時間となった。会計の際、僕と七瀬先輩が財布を出そうとしたら、「気を遣うな」と言いながら原田さんが全額を支払ってくれた。土曜日の雑踏のなかへ消えていく彼を、僕と七瀬先輩は並んで見送った。ずっと緊張していた僕は、ほっとして息を長く吐き出す。

「向こうに公園があるから、ベンチで休んでいこうか」

七瀬先輩の提案で、僕らは公園へ移動した。お互いに口数は少なかった。噴水のそばのベンチに腰かける。あたたかい日差しを受けながら、原田さんに教わったことを頭のなかで反芻《はんすう》する。

「高橋くん」

足下にいる鳩を見ながら七瀬先輩が言った。

「頑張ってね。何ごとも、努力だよ、努力」

「……七瀬先輩が言うと、なんだか、軽く感じますけど」

午後の公園で、七瀬先輩のメモを見せてもらった。わざわざ時間を取って、親切に教えてくれた原田さんに、今さらながら感謝の気持ちがわいてくる。そのことを七瀬先輩に言うと、そうだよねー、と言って、足をぶらぶらと振る。

帰りの電車のなかで僕は考えていた。原田さんは、エンターテインメント業界ではたらきたいという明確な夢があったから、努力を惜しまなかったのだろう。才能がないと自覚する恐怖を乗り越え、そこから始まる修練だって厭《いと》わない。

だけど僕にはそこまでの覚悟はなかった。作家になりたい、などと大それた夢を持ったことはない。執筆の衝動は、もっと些細《ささい》なものだ。窓の向こうを流れる都会の街並みをながめながら考える。僕はなぜ小説を書きはじめたんだっけ……。

暗い夜道を遠ざかっていく父の背中のことを思い出した。電車に揺られながら、長く伸ばした髪の毛をいじる。ひさしく床屋には行ってない。ぼさぼさの伸び放題の髪は、七瀬先輩に不潔な印象を与えてしまっただろうか。

この長さまで髪を伸ばしたのは、耳を隠すためだ。鏡をのぞいたとき、自分の耳を見たくなかった。耳の形は遺伝する。会ったこともない、母の不倫相手だったという男の耳に僕の耳は似ているのだろう。

◇

借りてきたシナリオ理論のテキストをながめ、プロット作りを始めた。原田さんに言われた通り、二つのターニングポイントやミッドポイントを設定し、全体を把握しながらイベントを配置した。一つ目のターニングポイントは主人公が村を出るところだ。ミッドポイントで主人公は本当の敵を知ることになる。二つ目のターニングポイントで、主人公は敵の本拠地に乗り込むことを決意する。シナリオ理論の通りに、主人公に乗り越えるべき課題を与え、それを解決するアイテムも用意した。

あとは書くだけだ、というところまで来たのだが、いや、本当にそうなのか？　と立ち止まってしまった。組み立てたプロットを読み返すと、果たしてそれが本当に自分の書きたかったものなのか、自信が持てない。このまま書いてもおもしろくなるとは思えなかった。というよりきっと僕はまた、この話を書き終えることができない気がする。

まず、ハプニングの起こる必然性がなかった。目の前に立ち塞《ふさ》がった難題を主人公が解決するのだが、なぜそんな難題を解決しなければならないのかわからなかった。またなぜこうも運よく、解決するためのアイテムを手に入れられるのか腑《ふ》に落ちなかった。

朝、学校に向かいながら小説のことを考える。主人公はもちろん世界を救いたいと思っているのだけど、でもそれだけでこんなに頑張れるのだろうか。冒険者だった父親にあこがれてというが、果たしてそれだけでこんなに勇気が出るものだろうか……。プロットはまた一からやりなおそう、と、電車に揺られながら思う。

本で読んでみたシナリオ理論は、素晴らしいものだった。理屈は難しくてあまり理解できないけれど、歴史的名作と照らし合わせてみると、見事に当てはまっている。過去の偉大な作品が、その理論で見事に説明される。

だけど、その通りにやっているつもりの自分のプロットが、つまらなく感じるのはなぜなんだろう。自分には何かが足りない。もしかしたら、自信が足りないのかもしれない。あるいは、創るにあたっての思想が足りないのかもしれない。

「高橋くん、おはよう」

後ろから声をかけてきたのは七瀬先輩だった。先輩によると、僕はいつも背中を丸めて歩いているから、遠くからでもよくわかるらしい。

「おはようございます。今日の部活のときプロット見てもらってもいいですか？」

「いいよ。プロットできたの？」

最近は七瀬先輩とも緊張せず話せるようになってきた。小説が進まなくて悩むけれど、部活に行くのは楽しい。

「あ、でも今日はだめだ。ちょっと遅れるか、もしかしたら行けないかも。今日はちょっと、アレだから」

昇降口のところで七瀬先輩は言った。

「今日、御大《おんたい》って呼ばれてるＯＢが来るんだけど、その人に教わるのもいいかもしれないよ。ちょっと私は遅れるか、行けないかもだけど」

「御大？　偉い人なんですか？」

「いや、まあ、偉いっていうか、アレだよね。小説を書いてる人だよ」

こっちを見ずに早口でしゃべる先輩の横顔は、なんとなく後ろめたいことがあって、とぼけているような表情に見えた。


放課後、実習室Bに入ると、いきなり知らない人がいて、不動の存在感を放っていた。骨太な体格の男だった。岩山のように堂々とした感じだったので、先生なのかと思ったけど、すぐに七瀬先輩の言っていた御大のことに思い至った。

「あの、新入生の高橋光太郎です」

よろしくお願いします、と続けようとした言葉をさえぎるように、その人は言った。

「光太郎、座れ」

「はい」

向かい合わせに座った僕を、その人はじろりと見た。濃く太い眉《まゆ》をつり上げて。だけど彼はだまったままだ。こちらから話しかけなきゃ、と焦るのだが、何を言えばいいのかわからない。言葉を選んだり迷ったりしているうちに、完全に話しかけるタイミングを失ってしまった。

部屋に残ったのは、圧倒的な沈黙だ。その人の視界のなかに座ってしまったのが失敗だった。身じろぎしづらい感じになってしまった僕は、哀れな地蔵のように固まってしまう。今さら立ち上がって、出ていくわけにもいかない。

いつもなら他の部員が来るはずだが、いくら待ってもだれも来なかった。七瀬先輩は遅れるか、あるいは今日は来られないかも、と言っていた。他の先輩はどうしたんだろう、早く来てくれ、と泣きそうになりながら祈った。だけど五分経っても十分経っても、だれも来ない。

その人はじっと、僕とその人の間に横たわる空間の一点を見つめる。見ているだけで、一切口を開かないし、ぴくりとも動かない。この人は一体どういう人なのだろう。原田さんがやってきたとき、部員はみんなうれしそうな顔をしていた。彼はケーキを差し入れてくれて、小説の書き方について真剣に相談に乗ってくれた。それにひきかえ、この人は威圧感を放つだけだ。僕はこれから、どうなってしまうのだろう。暗黒的な沈黙が支配する空間のなかで、僕にはもう時間の感覚もない。

全てをあきらめ、考えるのを止めようとしたが、そういう心境にもなれなかった。すずしげな清流のことや、メルヘンチックな花畑のことを考えてみたが、数分が限界だった。広大な宇宙のことや、ローレンツ力のことや、今日受けた授業のことを考えてみたが、これまた数分が限界だった。自分が化石になってしまったことを想像したが、これは比較的長持ちした。

いつの間にか僕は、自分の小説の続きを空想していた。

「おい」

突然、その人が声を出した。はい、と答えようとしたのだが、だまりすぎていたせいか、うまく声が出ない。

「電話で行くって知らせといたのに、ここの連中はだれも来ない。来たのは、俺に似た新入生が一人。だがこの孤独は、悪くない」

俺に似た新入生って、もしかして僕のことなんだろうか。

「光太郎、俺はお前を気に入ったぞ。俺は武井《たけい》大河《たいが》だ。大きな河と書いて大河と読む。ここのやつらは俺のことを御大と呼ぶ」

返事をしようとしたのだけど、まだうまく声が出なかった。

「七十五分だ。七十五分も沈黙に耐えたやつなんて、俺は初めて見た。お前はたいしたやつだ。お前には才能があるのかもしれねえ」

「才能!?」

驚いた僕は、七十五分ぶりに声を出した。原田さんには才能がないと断言された。決して馬鹿にされたり、侮辱されたりしたわけではない。才能がない、と認めることの厳しさや大切さを、教わったのだ。

「あの、それって、どういうことなんですか？」

「七十五分もだまりこくっているなんて、どう考えたって普通じゃない。異常者だ。だがそれも才能。お前も小説を書くのなら、自分の才能と向き合ってるんだろ？」

「……いや、僕は別にそんな」

「まあいい。俺が見たところ、ここにいる連中のなかでは、お前が一番、見所がある。小説のことで訊きたいことがあるなら、何でも俺に訊け。わかったか？」

「はい」

返事をした僕は、それから頭をフル回転させて、小説についての質問を考えた。ここで会話が途切れることになって、さっきのような暗黒的な沈黙空間に引き込まれるわけにはいかない。

「えっと、じゃあ、その、小説の続きが書けないときは、どうすればいいんですか？」

「風を感じろ」

御大は言い放った。

「耳をすますんだ。そうすれば風域が見えるだろう」

「ふ、風域？」

「ああ、そうだ」

だけど言葉の意味がよくわからなかった。

「風域っていうか……、その、いい小説を書くには、どうすればいいんでしょうか？」

「そうだな。まずは、あそこにあるテキスト」

部室のスチールラックには、文章作法やシナリオ作法などについて書かれた本が何冊か置いてあった。

「いいか、まずはああいう本を読まないことだ」

僕はとまどいを隠せなかった。腕組みをした御大は真理を説くようだった。

「あんなものはクソだ」

「でも、原田さんが……」

「原田？　お前、あいつに会ったのか。どうせまた、シナリオ理論がどうのこうのと言ってたんだろう。あんなやつの言うことを真に受けるんじゃない。理論などというものにしがみつかなければ文章を書けないような、くだらない男だ」

衝撃のあまり、言葉が出てこなかった。目の前にいる人物は、僕を射すくめるような目でにらみつける。

「お前は、理論で小説が書けると思うか？」

「書けるんじゃないでしょうか。そう教わりました」

などと言ってみたが、まだ確証はなかった。ためしにプロットを作ってみたけれど、あいかわらず書けないままだ。

「そうだな。理論でも小説は書ける。俺もそう思う」

御大はうなずいた。反論されるとばかり思っていた僕は肩すかしをくらう。

「だが、そんな小説、おもしろいはずがない。なぜなら理屈で創られた物語に人は感動などしないからだ。小説は頭で生まれるものじゃない」

「じゃあ、どこで生まれるんです？」

「決まってるだろ、ここだ」

どん、と彼は自分の胸を力強くこぶしでたたいた。

「いいか、小説ってやつは、魂をけずりながら書くんだ。自分の胸の内側の奥深くに腕をつっこんで、言葉をひっつかみ、ひきちぎるようにしながら取り出す。シナリオ作法などというものは、よそから言葉や文法を借りてくるようなもんだ。そんなもんが純粋な創作と言えるか？お前は、原田が言うようなやり方で書こうとしていたのか？」

「プロットを書いてみただけですけど」

「プロット？　お前、プロットなんか書きやがって、何のつもりだ。恥を知れ。今すぐ捨てちまえ」

「え、でも」

「事前に作者が用意したプロットなんてものは、小説の登場人物をがんじがらめにしばりつけるぞ。いいや、登場人物だけじゃない。作者であるお前自身もそれにしばられて身動きできなくなる」

「じゃあ、どうすれば」

「さっき言っただろう。風を感じるんだ。自分が書こうとしている物語に耳をすませ。事前に作ったプロットは忘れ、登場人物の心の声を聞くんだ。主人公はどうしたがってる？　プロットなどという、あらかじめ作者に決められた道を歩きたがっていると思うか？　お前がまずやるべきことは、理論などというこざかしいものを捨てて、自分が紡ごうとしている物語の風を感じ取ることだ。実際のところ、どうなんだ？　プロットを作ってみて、それで書けそうだと思ったか？」

「……いえ」

「何を浮かない顔してやがる。そう思うのは、お前に才能がある証拠だ。借り物のやり方ではなく、自分のなかにあるものを信じたがっているからなんだ。まずはその、しょぼくれた顔をやめることだな。傑作を書くやつは、もっといい顔をしているもんだ」

腕組みをといて、御大は立ち上がった。

「腹が減った。飯に行くぞ」

有無を言わさない雰囲気があったので、僕には従うしかなかった。

校舎の外に出ると、空はピンク色に染められていた。運河を渡ってきたすずしい風が、校舎の間を通り抜けて心地いい。御大は空を見上げながら僕の前方を無言で歩く。一体どこへ連れていかれるのだろう。

校門を抜けて駅の方角に向かった。今朝このあたりで七瀬先輩に会ったとき、どこかよそよそしい様子で今日は部活を休むかもと話していたけれど、もしかしたら御大に会うのを避けていたのではないか。いや、七瀬先輩だけではない。部室に行ったのが僕だけだったのも偶然ではないだろう。僕以外の全員がこの人から逃げ出したのだ。一体どれだけみんなから嫌われているんだ。どれだけ面倒くさい人なんだ？

飲み屋の並んでいる狭い路地に入り、薄汚い定食屋の前で御大は立ち止まった。のれんをくぐり、向かい合って席につく。壁は油なのか煙草のヤニなのかよくわからないものでどろどろに黄ばんでいる。テーブルの表面もべたべたしている。僕たち以外の客は、背中を丸めて煙草を吸いながら競馬新聞を読んでいるおじさんだけだ。

「ここはなんでもいけるぞ。好きなものを注文するといい」

本当かな、と僕は心配になる。御大は焼き魚定食を、僕はアジフライ定食を注文する。腕組みをした御大は、不動の姿勢で料理が運ばれてくるのを待っている。

「あの、御大さんも小説を書かれてるんですよね？」

「ああ。書くことと生きることは同義だ」

「そうですか。御大さんは、どんなジャンルを書かれてるんですか？」

「純文学だ。ちなみにお前、さん付けしなくてもいいぞ。御大、と気楽に呼べ」

果たしてそれは気楽な呼称なのだろうか、と思いながら僕は言葉を続けた。

「わかりました。御大と原田さんのお二人で、考え方が全然ちがうのは、書いている作品のジャンルがちがうせいなのでしょうか？」

原田さんはエンターテインメント性を重要視している。だから読者を飽きさせない仕掛けや呼吸といったものをシナリオ作法から学んだのだ。しかし御大はそうする必要がないのではないか。文学性の高い作品は、難解で読者を選ぶようなものであっても許されるような気がする。ストーリーテリングよりも、芸術性のほうが重要だろう。

「そうかもしれん。だがどっちにしても、俺と原田は、お互いの創作姿勢を決して認めないだろう」

「あの、僕は原田さんに才能がないと言われたんです。でも御大には才能があると言われました。一体どっちなんですか？」

「お前には才能がある。俺が保証する。原田は関係ねぇ」

「二人とも僕の作品を読んだことがないのに」

「それ以前に、才能があるとかないとか、くだらないことだと思っている。俺と原田では才能という言葉の定義もちがうだろう。だが、いいか、これだけは言っておく」

御大が身を乗り出し、僕に顔を近付けた。

「だれに何を言われようが、お前は、自分の力を信じ抜けばいい。書いていて不安になることもあるだろう。迷いが出てきて苦しいときもあるだろう。しかし物語を終わらせるまで、自分のなかにあるものを確信し続けるんだ。それが書き手にできる唯一のことだぞ」

彼の迫力に僕は気圧《けお》された。いや、熱さと呼ぶべきだろうか。御大の言葉には熱量と、信じるに足る何かがある。プロットを作ってから執筆するというやり方を始めたけれど、僕には向いていないかもしれない。それより、この人に教わるべきことが、あるのかもしれない。

「あの、具体的にはどんなやり方で執筆したらいいんでしょうか？　プロットを作らないとしたら、どうやって？　物語の風を感じられる状態になるには、どうしたらいいのでしょうか？」

「答えを求めるな。自問自答しろ。悩め。お前の書き方は、お前が小説を書きながら見つけるしかないんだ。そうすることでしか作家にはなれないんだ。まずは書いてみろ。百枚でも千枚でも書いてみろ。書きはじめてようやく、それが自分の書きたかったものなのか、そうじゃないのかがわかるんだ。書くのがつまらないと感じたら、そこでやめればいい。そんな原稿は価値のないゴミだ。また初めから何度でも書き直せばいい。そうして磨いているうちに、お前自身の求めていたものに近付いていくんだ。作品は〝鏡〟みたいなもんだ。自分の書いたものを見て、初めてお前は、お前の正体を知るだろう。俺に言わせれば、シナリオ理論など、鏡を曇らせるノイズでしかない。読み手が真に求めているのは、エンターテインメントなどと呼ばれる表面的なお楽しみなんかではない。お前自身の姿が映り込んだ、お前にしか書けない物語を求めているんだ。そのことをよく覚えておけ」

　御大は原田さんのように具体的な執筆手法を説明してくれるわけではなかった。だけど話を聞いているうちに体の内側から鼓舞されてくるような力強さがあり、それはそれで迷いがちな僕にはありがたかった。

　やがて焼き魚定食とアジフライ定食が運ばれてくる。僕と御大は向かい合って無言でそれを胃袋にかき込む。こんな汚い店なのに、とてつもなくおいしかった。いまだかつて、こんなにおいしいアジフライを食べたことがあっただろうか。ごはんの粒もきらきらと光っていて、噛むと甘みが舌の上に広がった。

「おいしかったです！」

完食して僕は言った。

「そいつはよかった。じゃあ、行くぞ」

立ち上がった御大は、僕に伝票を握らせた。

「偶然、財布を忘れてしまった。立てかえておいてくれ。そんな顔をするんじゃない。困っている先輩を助けるのも後輩のつとめだぞ」


財布から二人分の食事代を支払って店を出た。狭い路地にスナックやパブの看板がかがやいていた。高校の制服を着ている僕には場違いな場所だ。

「見ろ、星が出ている。いい夜じゃないか」

暗くなった空を見上げて御大は満足そうな顔をした。爪楊枝で歯を掃除している。原田さんは昼食をおごってくれたというのに、この差はなんだろう。

「お前にはコーヒーでも飲ませてやろう。俺の部屋がすぐそこにあるから、ついてこい」

そろそろ帰らなきゃ、と思っていたのだが、すぐそこだというのでついていくことにした。

ちょっとだけおじゃまして、なるべく早く帰ろう。

御大は鼻歌を口ずさみながら、すたすたと前を進んだ。普通すぐそこと言ったら十数メートル先か、数十メートル先か、数百メートル先か、遠くてもそれくらいだろう。しかしもう三十分は歩いている。距離にしたら二、三キロだろうか。

「あの、まだなんでしょうか？」

「おお、もうすぐそこだ」

このまま永遠に辿《たど》り着かないんじゃないかと思うころ、そこだ、とやっと御大が前方を指し示した。暗くてあまりよくわからないけど、古い木造のアパートだ。入り口にある蛍光灯がちかちかと明滅している。駅からのアクセスも悪いし、家賃はかなり安いのかもしれない。

「入れよ」

御大の部屋は二階の一番端にあった。先に部屋に入っていった御大が電気を点《つ》ける。僕はおそるおそる靴を脱ぎ、その部屋に足を踏み入れる。狭い玄関には靴を三足並べることはできるが、四足だと厳しい感じだ。玄関のすぐ隣にミニマムな流しがあった。流しは清潔に使われているようだったが、その先はなかなかカオスというか、むき出しの部屋というか、男の巣という感じだ。

「好きなところに座れ。コーヒーがいいか？　お茶もあるぞ」

「……えっと、じゃあ、お茶で」

御大は流しに向かったが、僕は立ち尽くしたままだった。好きなところに座れと言われても、座るスペースがない。

四畳半くらいの部屋に、布団が敷きっぱなしになっていた。「ニコニコ引越」とプリントされたつなぎが、鴨居にハンガーで吊《つる》されている。その下にヘルメットが置いてあって、雑誌が積んであって、その雑誌が崩れていて、缶や瓶が転がっている。雑多なものが散らかった部屋だったが、真ん中に半畳くらいの聖域のようなスペースがあった。

文机《ふづくえ》があり、その手前が人間一人が座れるだけ空いている。文机の上には白い手袋とペンが一本、脇には原稿用紙が積んである。御大は手書きで小説を書くらしい。妖気というか、何かのオーラを放っていそうなスペースだ。

「何やってんだよ、ほら、そこに座れよ」

戻ってきた御大が、文机をひょい、と持ち上げて部屋の隅に移動させた。僕はその場に体育座りをし、その目の前で御大があぐらをかく。近すぎる。あぐらと体育座りが至近距離で見つめ合うという、他人が見ればなかなかシュールな光景だ。

「しかし、こんなところまでついてくるとはな。お前にはやっぱり、何かしらの才能があるな」

「……いや、自分では何も感じませんけど」

「いいや。七十五分もだまっているという、お前の自我のディフェンス力。そのモテなそうなしけた面に、暑苦しいほど伸びた髪。他の部員は皆帰ったというのに、一人で部室にやってくる間の悪さ。そしてこんなところまで連れてこられてしまう、つけ込まれやすい性格。お前の孤独。お前の運の悪さ。お前は若いころの俺に似ている」

「ええっ？」

大柄でなんとなく熊を思わせるようなこの人と自分は、全然似ていなかった。

「お前は河原でバーベキューをしたことがあるか？　ないだろう。女子とカラオケに行ったことがあるか？　ないだろう。お前は母親以外の女からチョコレートをもらったこともないし、女子とペットボトルの回し飲みもしたことがない。そうだろ？」

「そりゃあ、まあ、そうですけど」

女の子とのペットボトルの回し飲みなんか、非現実的なおとぎ話だ。

「お前の下駄《げた》箱には、不良からの呼び出し状が入っていることはあっても、ラブレターが入っていることは決してないんだ。なあ、お前には彼女がいないだろ？　これからもお前には、絶対に彼女ができることはない。はっきり言って、お前は普通の楽しい人生を送れないんだ。だが喜べ」

その人は僕の目を見据えた。

「それがお前の、才能の片鱗《へんりん》なんだ」

才能なんて要らない！　と僕は叫びそうになった。

「そんな孤独なお前は、書かずにはいられないはずだ。業なんだよ。俺たちは、書かずにはいられない人種なんだ」

御大と僕は、いつの間にか、俺たち、というまとめられ方をしていた。

「見てみろ。高校一年生の後輩に金を出してもらっても、全く堂々としている俺の、開き直り。だけどこういうのだって才能かもしれねえ。俺がもし書かないなら、そういうのは恥ずべきことだ。だが書くなら、そういうのも才能だと信じてやる。信じてやらなきゃならねえ」

熱弁する御大は、それを自分に言い聞かせているようでもあった。

「いいか？　俺たちは作家なんだ。作家志望者じゃねえ。ものを書く以上、俺たちは作家なんだ。いいか？　作家である以上、俺とドストエフスキーに大差はないんだぜ。俺とジョン・レノンの間にだって大差はねえ。一介のフリーターである俺と、谷崎潤一郎《たにざきじゅんいちろう》にだって大差はねえんだ。そしていいか？」

御大は僕の顔をじっと見つめた。

「お前とゆでたまご先生にだって、大差はねえんだぜ」

ぼ、僕とゆでたまご先生に大差はない！　それはキン肉バスターを受けたような衝撃だった。

「いいか？　ドストエフスキーもゆでたまご先生も、シナリオ理論の本など読まねえ。物語を分析したいやつはすればいい。ご苦労なこった。だがいいか？　お前はかつて昔話を聞かされたろ？　いろんな話を聞いたろ？　いろんなことを体験したり、いろんな空想をしただろ？読書をして感動したこともあるだろ？　そういうのは、俺たちの体や心のなかで、血肉となって息づいてるんだよ。そこに耳をすまさねえで、作法とか言ってるやつは、味噌《みそ》汁で顔洗って出直したほうがいい。確かに原田はもう、エンタメ業界で結果を出している。俺たちは何も出してねえ。けどそんな簡単な結果はいらねえんだよ。俺たちは助走の途中なんだ。あんなやつの辿り着ける場所なんて、たかが知れている。いいか？　俺たちのこの助走はまだまだ続くかもしれねえ。だけど俺は予感しているんだ。俺はいつか傑作を書く。お前も自分を信じろ。お前には信じるに足る才能がある。そしてお前、わかってるか？」

「なんですか？」

「そろそろ終電だぞ」

「えっ!?」

慌てて時計を見ると、確かに終電の時間が迫っていた。ここから駅までの距離を考えると、相当急がなければ間に合わない。慌てる僕を見て、御大は薄ら笑いを浮かべる。

「帰ります！　それじゃあ！」

挨拶もそこそこに、僕はその部屋を飛び出した。駅に向かって走りながら、なんなんだ！と叫びたかった。一体なんなんだ！　あの人は！

結局、コーヒーもお茶も出てこなかったし、立てかえた焼き魚定食の料金も戻ってこなかった。泣きそうになりながら駆け込んだ電車のなかで、僕は確信する。

あの人は、めちゃくちゃだ。めちゃくちゃすぎる。

だけど彼の言葉が、胸の奥底で光っていた。

僕にだっていつか、自分だけの小説が書けるかもしれない。

一介の高校一年生を鼓舞するように電車は揺れる。

だって、僕とゆでたまご先生の間に大差はないのだ。


翌日、御大の焼き魚定食のせいで購買でパンを買うお金がなくなってしまった僕は、早起きしておにぎりを作った。昼休みに屋上でそれを食べていると、七瀬先輩がやってきた。

「あれ？　珍しいね、おにぎり」

「はい。困ったものですけど。でも焼き魚定食の元は取れました」

僕は七瀬先輩に昨日の話をした。すると七瀬先輩は、衝撃的なことを教えてくれた。

「ええ！　一作も書いていない？」

「高橋くんって珍しい人だね」

風に髪を揺らしながら、先輩はあきれた表情をした。

「御大になつく人なんて初めて見た。あの調子のいい井上部長だって持てあましてんのに」

七瀬先輩の話によると、御大が小説を書いたことはこれまでに一回もないのだという。作家を自称し、他人の作品を読んでは非難ばかりする。後輩の書き上げた小説に対し、上から目線でけなしてくる。だから文芸部の全員が愛想をつかして避けるようになったのだ。

いつかすごい小説を書くと宣言しておきながら、あの人はいつまでもずるずると書かないまま高校を卒業した。やがて大学を中退し、今は日雇いで引っ越し業者のアルバイトをしながら作家になることを夢見ているらしい。いや、作家になることを夢見ているのではない。一作も書いていなかったとしても、自分は作家なのだという意識が御大にはあるようだ。「俺たちは作家なんだ。作家志望者じゃねえ」と言っていたし。

「ある意味すごい人だよ。一作も書いてないけれど情熱だけはあるんだ。情熱だけは。私はあんまり会いたくないけど」

僕らは屋上からの景色をながめた。運河の対岸にマンションが並んでいる。御大の言葉によって焚《た》きつけられた小説執筆への情熱は、たった今、急速に冷えてしまった。

「僕は御大の話に感動したんです。あの人の言葉に執筆への勇気をもらったんです。それなのに、なんだか、残念です」

詐欺にあった気分だった。感動を返してほしい。いや、せめて夕飯の代金だけでも返してくれないだろうか。

「残念ってどういうこと？　高橋くんが感動したのは事実なんでしょう？」

「だって、御大は一作も書いてないんですよね？」

そんな人の言葉だと知っていたら、話半分に聞いていただろう。七瀬先輩も同意してくれると思ったが、予想に反してむっとした表情になる。

「御大の肩を持つわけじゃないけど、そういう言い方はよくない。高橋くんを少しでも感動させたというのなら、あの人の言葉には真実の質量があったはず。きみはそれに対して敬意を払うべきだよ」

「そうでしょうか」

「私は御大には小説を書いてほしいと思ってる。書く能力のあるなしにかかわらず、あの人がどんな物語を紡ぐのか、ちょっと読んでみたい」

屋上の柵に寄りかかって僕たちは日光浴をした。青空のずっと高いところを、白い線を引きながら飛行機が飛んでいた。すでに春はすぎ去って、季節は初夏にうつろうとしている。

◇

書きたいという気持ちはあるものの、パソコンの前に座ると頭のなかが真っ白になる。文芸部の活動に参加しても原稿は進まず、何もせずに時間だけが消費される。そんな状況を見かねたのか、水島美優副部長の提案により、僕に試練が与えられた。

「ござるか。創作はしばし休め。見識を広めるための修行を課す。私たちが厳選した作品に目を通し、みんなの前で感想を発表してもらう。書くこととは、読むことと見つけたり」

武士道を説くような副部長の言い回しに、僕はうなずくしかなかった。文芸部員が僕のパソコン席にやってきて、一冊ずつ本を置いて去っていく。井上部長はライトノベルを、水島副部長は歴史小説を、鈴木潤先輩はホラー小説を、七瀬先輩はSF小説を、そして中野花音先輩はBL小説を。

「感想、楽しみにしてる」

少し頰を染めながら中野花音先輩は言った。

初めて読むジャンルの小説にとまどいもあったが、僕に拒否権などなかった。みんなからもらった課題図書を一冊ずつ消化し、その度に開かれる感想発表会に臨む。一回目のとき、自分の感想に自信のなかった僕は、ネット上に掲載されている書評やAmazonのカスタマーレビューなどを読んで、それを丸写しにしたような批評を発表した。しかし僕の不正はすぐさま七瀬先輩と水島副部長にばれ、こっぴどくしかられてしまった。

「高橋くんにはプライドってもんがないの!?」

「切腹するでござる！」

二人の剣幕に驚いた鈴木潤先輩は、鞄から謎のお守りを取り出し、ぶつぶつとお祈りを始めた。荒ぶる二人の女子部員をなだめてくれたのは井上部長だ。

「いいじゃないか、それくらいのこと。他人の感想くらい、だれだって読むでしょう。二人とも、座りなよ。だけど高橋くん、次回はきみの言葉を聞かせてくれ。世界でただひとつの、だれのものでもない、きみ自身の言葉を」

やさしく諭すような部長の言葉に、僕はうなずいた。部長が言うならしかたない、という雰囲気になって七瀬先輩と水島副部長の怒りも鎮まる。井上部長が僕を守ってくれたのだ。

感謝とともに、部長の好感度が急上昇する。中野花音先輩が、なぜだか熱っぽい視線で部長と僕を交互に見つめる。

それにしても、どうして僕の不正がばれたのだろう？　後にその理由を七瀬先輩にこっそりと教えてもらった。最初の発表の前日に、井上部長から次のように言われていたらしい。

「ネットに出回っている批評を事前にいくつか読んでおこうよ。高橋くんが他人の感想をぱくって発表するかもしれないよ。もしそうなったら、水島くんと佐野くんは容赦なく彼をしかってくれ。そこを僕が擁護するから。え？　なんのためにそんなことをするのかって？　彼のなかにある僕への信頼度を高めておいたほうが、今後、文芸部という組織を運営していく上で都合がいいじゃないか」

つまり僕は部長の手のひらの上でいいように踊らされていたわけだ。

ところで中野花音先輩に渡されたＢＬ小説を読むのはずっと後回しにしていたが、ついに課題図書がそれ一冊となったとき、勇気を出して手に取らねばならなかった。しかし読みはじめてみると、これが案外おもしろい。男性同士の恋愛というと、なんだか気持ち悪いものを想像していたけれど、そこに描かれていたのは純粋な愛の形だった。普通の恋愛小説にはない種類の葛藤《かっとう》があり、感動してしまった。むくわれないものは、はかなくて、貴い。僕もいつか、だれかのことを好きになるのだろうか。たぶん、相手は女の子だと思うけど。

六月に入ると雨の日が続いた。学校の帰りにコンビニへ立ち寄ったときのことだ。支払いをすませて外に出ると、傘立てに置いていたはずの僕のビニール傘が消えていた。雨の降り続く街並みを前に僕は立ちすくむ。だれかが盗んでいったにちがいない。傘立てには他に一本も入ってないから、他の客が間違って持っていったという可能性もない。

こういう小さな不幸が僕にはよく起こった。その度に笑いとばせればいいのだろうが、真剣にへこんでしまい、どうして自分にばかりこういうことが起こるんだろうかと、暗い気持ちになる。御大が僕に言ったことを思い出す。お前は母親以外の女からチョコレートをもらったこともないし、女子とペットボトルの回し飲みもしたことがない。お前は普通の楽しい人生を送れないんだ。

傘をさした通行人が目の前を行き交った。車が水たまりを揺らしながら通りすぎる。だけど年に一回くらいなら、僕にだって運のいい日はある。

買ったお茶を飲んで心を必死に落ち着けようとしていたら、偶然、七瀬先輩が通りかかった。事情を話したところ、一緒の傘に入れてもらえることになった。いわゆる相合い傘だ。

「クラスメイトに見られたら誤解されちゃうね」

傘の柄をはさんですぐ隣で七瀬先輩が笑った。

「誤解なんかされませんよ」

「どうして？」

「この前、教室で転んだ拍子に、鞄の中身をぶちまけてしまったんです。親切なクラスメイトたちが拾い集めてくれたんですよ。教科書やノートや、中野先輩に借りたBL小説を……」

その本の表紙では、半裸の男性が熱烈にからみ合っていた。クラスメイトたちのひきつった顔が忘れられない。つまりそういうわけで、別の噂が広まっているから、七瀬先輩との男女の仲を誤解されることはない。

「あいかわらず、安定して不幸が寄ってくるね。お祓《はら》いにいってみたら？　鈴木くんがいいところを知ってるみたいよ？」

相合い傘は駅までの短い距離で途切れる。定期で改札を抜けて、七瀬先輩と電車を待った。ホームは混雑しているため、肩を寄せ合うように立っていなくてはならない。湿気で少し蒸し暑かったので、七瀬先輩は制服の首のあたりにひとさし指をひっかけて、もう一方の手であおぐように風を送った。

「さっき、コンビニで何買った？」

「お茶です、ペットボトルの」

「一口、ちょうだい。喉《のど》かわいた」

「いいですけど、僕、口つけましたよ」

「そんなの平気」

鞄からお茶を取り出して七瀬先輩に渡した。

「高橋くんに間接キスは刺激が強すぎるからね、必殺技」

「必殺技？」

キャップを開け、七瀬先輩は高い位置でペットボトルをかたむけた。飲み口を数センチ離したまま、大きく開けた口へお茶が注ぎ込まれる。ごくごくと飲んで、得意満面といった顔で僕を振り返った。

「ほら。ねえ、残念だった？」

「何が残念なんですか。別にですよ」

かわいくなーい、と言いながら、七瀬先輩はペットボトルを僕に返してきた。蛍光灯がまたたきながら点いてホームを明るく照らす。お茶のペットボトルを鞄に戻しながら僕はうつむいた。髪の毛を伸ばしていたからよかったものの、もしもそうでなかったら、火照った顔や耳を見られていたかもしれない。御大に今すぐ会って確認したかった。この出来事は、回し飲みをしたことにカウントしてもいいでしょうかと。

アナウンスが流れ、ぬれたレールに光を反射させながら、電車がホームに近付いてくる。七瀬先輩の仕草や視線には、ときどき、どきりとさせられる。子どもみたいに笑うときもあれば、大人の女性みたいな表情でだまり込むときもある。この人がどんなことを考えているのか、僕にはわからない。電車に乗り込むとき、先輩と肩がふれ合った。

　ずっと疑問というか、不気味に思っていたことがあった。そもそも先輩の当初の目的は、〝僕を文芸部に入部させて部を存続させること〟だった。その目的を果たした今、七瀬先輩は僕に構う必要などないはずだ。

「あの、七瀬先輩は、どうして僕なんかに構う、っていうか、話しかけたりするんですか？」

　何を訊かれているのか全くわからない、という表情で七瀬先輩は首を傾げた。

「普通の女の人は、僕みたいなのに話しかけたりしないと思うんですけど」

「それはつまり、話しかけるなってこと？」

「いや、そうじゃないんです。ただ、どうしてなのかなって。理由が知りたいっていうか」

　湿気に満ちた車内で、七瀬先輩はあきれたような表情になった。

「興味があるからに、決まってるでしょう、高橋くんに」

「興味って、どうしてですか、僕はあんまりおもしろくないし、特にこれといった特徴もないし、特技だってないし、イケメンとかじゃないし、性格もわりと暗いほうなのに」

　揺れ続ける電車のなかで、谷底まで届くような深いため息を先輩はついた。

　あれあれ？　と僕は思った。もしかしたら自分では気付かないだけで、女子から見たら、僕にも何かしらの魅力はあるのだろうか。おもしろくない、特徴も特技もない、暗い、イケメンじゃない、というのも、僕のお得意のネガティブシンキングなのかもしれない。本当はそんなことないのかもしれないぞ。

というような自分に都合のいい考えは○・六秒くらいで破壊された。

「確かに高橋くんはイケメンじゃないし、性格もおそろしく暗いし、気の利いたことなんてちっとも言わないし、パッとしなくて、あるのは不幸力だけで、これっぽっちもモテるタイプじゃないけど」

「…………」

「だけど私は、きみに興味があるよ。そもそも高橋くんは、女子がイケメンとか明るい人だけに興味があると思ってるの？　それって偏見じゃない？　全然イケメンじゃないし、性格もおそろしく暗いし、気の利いたことも言わないし、パッとしなくて、あるのは不幸力だけで、まったくモテるタイプじゃない高橋くんだけど」

「気付いてますか、二回目ですよ、それ」

「とにかく私、きみが普段、どんなことを感じて、どんなことを考えているのか、どんなことに悩んでいるのか、どんなことを楽しいと思って生きているのか、そういうことを知りたいって思うし、興味があるよ。高橋くんには、世界がどんなふうに見えているのかなって」

七瀬先輩は窓の外に目をやった。

「何より高橋くんが、これからどんなものを書くのか、興味がある」

少しの衝撃とともに減速した電車は、目的のターミナル駅のホームに滑り込んでいった。

「私、高橋くんの小説が進まない理由が、わかったかも」

話は途中だったけれど、僕らは人波に押されるようにホームに吐き出された。ここでちがう電車に乗り換えなければならない。

「キャラクターに魅力がないんだよ。ほら、そこ座ろう」

先輩がホームの端のベンチに座った。隣の席をぽんとたたいて、僕に座るように促す。

目の前を多くの人が行き交っていた。ホームにあふれる人波のなかで、僕ら二人だけがはぐれてしまったかのようだ。

「プロットを作るのと同時に、キャラクターについてもっと考えてみたら？」

「キャラクター、ですか」

「高橋くんの小説の主人公って、どんな人だっけ？　記憶に残ってないんだけど」

「主人公は、まあ、普通っていうか」

「普通って何、普通って。じゃあヒロインは？」

「ヒロインは可愛くて、性格がいいっていうか」

「そんなふうにぼんやりしてたら、感情移入もできないし、読む気にもならないよ。高橋くんだって主人公やヒロインのことをもっとわからないと、書き進められないんじゃないの？　書き手も、主人公に感情移入したほうが、書きやすいと思うよ」

確かに思い当たるフシがあった。僕は僕の小説の主人公が、どうして世界を救いたがっているのか、どうしてそんなに勇気を持てるのか、いまいちわからないでいた。主人公のことをどこか自分に近い人物のようにも感じている。でも僕は自分が世界を救えるとはまるで思えないから、自分から遠く離れた人物のようにも感じている。

ヒロインにいたっては、さらにぼんやりとしていた。なんとなく品行方正で、欠点がなくて、可愛くて、とは思う。だけどイメージがちゃんとわいていないというか、全くリアリティがない感じだった。

「そうなんですけど、どうすればいいか、わからないんです」

「さっき思ったの。高橋くんは、もっと人間に興味を持つべきだって。他人をわかろうとすることが、キャラクター作りにつながるんじゃないかな。この人は何を考えているんだろう、とか、どうしてこう思うんだろう、とか、興味を持ってわかろうとしなきゃ。人間の魅力って、イケメンとか明るいとか、そんな表面的なことだけじゃないでしょ。私たちは、他人の欠点にだって惹かれることはあるし、その人の弱さや闇に惹かれることもある」

「でも、他人のことなんて、わからないことばかりです」

「私にだってわからないよ。自分のことだってわからないんだから。でも、わからないから興味がわくんじゃないの？」

「でも僕は……、あの、どうすれば他人に興味を持つことができるのでしょうか」

「あのさ、高橋くんにだって例えば、好きな女の子がいるでしょう?」

「好きな人、ですか? どうなんですかね。いないと思いますけど」

「はっきりしないなあ。一緒にいて楽しいって思える人はいないの? 他の女の子と一緒にいるときはうまく話せないのに、その人にだけは言えたりとか。ちょっとした仕草が気になるとか」

「そういう人は、いますね」

ある人のことを僕は思い浮かべた。

「きみはその子のことが好きなんだよ。あるいは、好きになりかけている」

確かに、そうかもしれない。

「その人のことを、もっとよく知りたいと思うでしょう?」

七瀬先輩はじっと僕の目を見た。

「……はい」

「そうでしょ? うん、そうだよね。好きな人がいたら、その人のことは何でも知りたいよね。たとえそれが、自分にとってつらいことでも」

七瀬先輩はうつむいて、自分の足下を見た。中途半端に長い髪が顔の横に流れてきて、表情に影が落ちる。入構してきた電車から多勢の人が吐き出され、ベンチに座る僕らの前を歩き去っていく。

七瀬先輩はなぜ、そんな表情をするのだろう。先輩は今、何を思っているのだろう。先輩のことが知りたかった。そのとき強く、自分が持っていた感情を自覚した。

先輩のことを知りたい。たとえそれが自分にとってつらいことでも……。

胸が締めつけられるような気分だった。「その子のことが好きなんだよ」と、言われたときに僕が思い浮かべていたのは七瀬先輩の顔だ。知りたいことと知りたくないことが、頭のなかでぐるぐると回り続けていた。

◇

文芸部に入部して本当によかったと思えることのひとつは、過去数年分の中間試験、期末試験の問題用紙のコピーを先輩たちからもらえることだ。

七月の第一週に一学期末試験が行われる。その一週間前からすべての部活動が休止し、バスケットボールのドリブルの音も、金属バットが白球を打ち上げる音も消える。かわりに自習室や図書室が普段よりも人口密度を高めて、勉学にいそしむ生徒たちの姿が見られるようになる。

試験前の部活動禁止は、学校が取り決めた正式なルールだ。だけど帰り際に実習室Bをのぞいてみると、文芸部の先輩たちの姿があった。窓際に向かってずらりと並んだパソコンの、それぞれお気に入りの席で執筆をしている。

「ルール違反だけど、先生に注意されたことは一回もないよ。目を付けられてるのは、部員がたくさんいるようなところだけなんじゃないかな。うちみたいな弱小部にまで文句を言う人がいたらよっぽどの鬼だね」

と井上部長が言った。

試験勉強をせずに執筆している先輩たちの背中を見て、みんな小説を書くのが大好きなんだなとあらためて思う。節電のためエアコンは点いていない。窓を開けはなしてパソコンの熱を逃がしながら、先輩たちはそれぞれの創作を進める。放課後といっても日暮れはまだ先だ。青空に入道雲が伸びている。

パソコンの電源を入れ、僕も自分の小説の執筆作業を再開した。順調にスランプから抜け出したわけではない。十四歳のときに書いた文章を、あらためて書き直しているだけだ。装飾過多を反省し、簡潔で平易な文章に置き換えていく。数年前に作った道を整備しなおしているようなものだから、創作というよりも作業に近い。それなら今の自分にもできる。

中断していた箇所から先へ進むのには、きっと勇気が必要だ。だけど僕には、原田さんの教えを元に作ったプロットがある。来るべき執筆再開に向けて、この二週間ほどはプロット修正に時間を割いていた。主人公の人物造形を見直し、冒険をともにする女の子のキャラクターを考案し、主人公と敵対する悪役たちについても自分なりに掘り下げた。キャラクター同士の相関図を描き、だれとだれが敵対し、だれとだれが恋に落ちるのかを整理した。

七瀬先輩と駅で話をして以来、キャラクターという概念を意識するようになった。いくつかの本に目を通し、インターネット上にアップされている意見を読んで、キャラクターを上手に作り出す方法を探した。『ライトノベル作法研究所』という小説作法を紹介したホームページに次のような意見が掲載されていた。

キャラクターは、独立して存在している島国のようなものではありません。相互に関係し、影響し合っているものです。

キャラクター同士をもっとも強固に結び、ストーリーをおもしろくさせてくれる関係は、「対立（敵対）」と「恋愛感情」です。

キャラクターというのは、他のキャラクターとの関わり合いのなかで生じる化学反応のようなものらしい。個でいるかぎり、その人物の輪郭ははっきりとしてこない。だから、関係性というものを中心にキャラクターを練っていくことにする。

だれかとの関わり合い、というのは僕の実人生でも苦手として避けていたものだ。僕の薄ぼんやりとした存在感はそのせいだろうか。

日常生活でも、キャラクター作りのトレーニングを行った。信号待ちをしているときや電車のなかで、赤の他人を観察して職業や性格について想像をふくらませる。持っている鞄や、身につけているアクセサリーから、その人物のパーソナリティを推測する。二人連れの場合は、その関係性について考えてみる。対立（敵対）や恋愛感情が隠されていやしないかと注意深く探す。人間観察を通して世の中を見てみると、だれ一人としておなじ人間はいないのだと気付かされる。

「そういえば、合宿の場所をまだ決めてないが大丈夫なのか、部長よ」

執筆の手を休めて伸びをしながら、水島副部長が井上部長にたずねた。

「ああ、忘れてた。今決めよう。どこがいい？」

「大垣《おおがき》に行って墨俣《すのまた》一夜城を造るのはいかがか」

「予算的にちょっとなあ。僕にM資金を使う権利があったら別だけど」

みんなが執筆を中断して集まり、夏合宿の計画について話し合った。合宿をするというのは初耳だったが、毎年の恒例行事らしい。昨年は諏訪《すわ》湖に行って『文学の道公園』を散歩してきたとのことだ。

いくつかの案が検討された結果、現実的な範囲で、山梨県の河口《かわぐち》湖へ行くことが決まった。時期は八月の上旬、二泊三日の旅だという。井上部長が携帯電話を取り出し、原田さんにそのことを伝えた。

「車を出してもらえることになったよ！」

通話を切った部長がうれしそうに声を上げた。

「全員、乗れるんですか？」

中野花音先輩がおさげ髪を揺らしながら首を傾げる。

「大丈夫です。原田さんのエルグランドは七人乗りですから」

と七瀬先輩が言った。文芸部の部員が六人なので、運転手の原田さんを入れて、ぴったりちょうど席が埋まる計算になる。七人乗りで、ぴったり……。

「ござるか。今、御大の顔が脳裏を一瞬だけよぎったが」

「車は定員オーバーだから、今年はあきらめてもらおう。合宿のこと、だまっていようよ」

副部長と部長が顔を寄せ合って話した。僕の視線に気付いて部長が言った。

「御大は、毎年、合宿についてきて、熱い小説論を何時間も語り続けるんだ。原田さんとも喧《けん》嘩《か》になっちゃうだろうし、今年は自宅で執筆に専念してもらおうと思ってる」

「なるほど、それがいいですね。御大の執筆を邪魔してはいけませんし」

僕は深くうなずいた。うん、うん、と他の部員も同意する。

「河口湖……。天下茶屋《てんかぢゃや》のあるところだ」

ぼそっと鈴木潤先輩がつぶやいた。

「鈴木殿はご存じか。天下茶屋と言えば、太宰治《だざいおさむ》が『富《ふ》嶽《がく》百景』を書くために滞在していたことで有名だ。今は二階が太宰治文学記念室になっている」

副部長が言い終わらないうちに、鈴木潤先輩が普段よりも流暢《りゅうちょう》に話しはじめた。

「もちろん知ってますよ。天下茶屋のすぐそばには、旧御坂《みさか》トンネルの入り口がぽっかりとあいているんです。心霊現象が起きることで有名な場所で、首なしライダーや、三角帽子をかぶった僧侶《そうりょ》の霊が目撃されてます。樹海の自殺者の霊が集まるという噂もあって、だけどそれについては疑問ですね。だって樹海までの直線距離が十四キロもあるし、自殺をした霊がわざわざそんな距離を移動してやってくるんだろうか。それとも幽霊には距離なんて関係ないのかな、なんて僕は思ったりもするんだけど、みんなはどういう見解をもってうわあああああ！」

突然、部室のドアがいきおいよく開いて、どん、と爆発するような音がした。あまりに驚きすぎたのか、鈴木潤先輩の心臓が止まり、その場に倒れ込む。いや、おびえた表情でまばたきをしているから、心臓はまだ動いているようだ。

出入り口から入ってきたのは、女子生徒と男子生徒の二人組だった。どちらも僕の知らない顔だ。制服の学年章の色から、女子生徒のほうは二年生、男子生徒のほうは一年生だとわかる。男子生徒のほうは、女子生徒に付き従っているという雰囲気だ。

二人組はずんずんと部室内を歩いてきて、一箇所に集まって合宿の相談をしていた僕たちの前で立ち止まった。女子生徒が僕たちの顔を見回した。

「ここで何をしているんです。今は部活動禁止のはずではありませんか」

背筋をぴんとのばした直立不動の姿勢だった。武道のたしなみでもあるのだろうか、空気が張り詰めるような一種独特の緊張感をまとっている。直毛の黒髪を腰までたらしたうつくしい顔立ちの人だが、鋭いまなざしは抜き身の日本刀を思わせて近寄りがたい。

「まいったな、どうして生徒会が見回りなんかしてるの？　試験勉強しなくていいのかい？」

井上部長が頭をかきながら言った。どうやらこの二人組は生徒会の人たちらしい。

「文芸部部長、井上誠一《せいいち》」

生徒会の女子生徒は、さげすむような冷たい視線を井上部長に向けた。

「あなたのことはたまに生徒会執行部でも話題に出ていますよ。風紀を乱す破廉恥な本を裏で流通させるのはやめていただけませんか」

僕だったらその場にひれ伏してしまいそうな眼光の鋭さだけど、井上部長は意に介さなかった。

「なんのことかな？　アニメの二次創作の薄い本が出回っていることは知ってるけど、僕は無関係だよ。けど、いいもんだね、美人にこんな風に冷ややかな目で見られるっていうのは、ある意味でご褒美だ」

「何を言っているのかよくわからないが、まあいいでしょう。それよりも、佐野七瀬、ひさしぶりだな」

生徒会の女子生徒は、なぜだか僕のほうに視線を投げかけた。どきりとしたけれど、すぐに理由はわかった。いつのまにか七瀬先輩が身をかがめて僕の背中に隠れているではないか。

「話をするのは中学のとき以来か」

少しも親しくなさそうな声音で、生徒会の女子生徒が話しかけた。凜《りん》とした立ち姿の向こうに、殺気のようなものが見え隠れする。

「そ、そうね、前田《まえだ》玲奈《れな》ちゃん……。見つかってたんだね。うまく隠れていたつもりなんだけど」

あきらめたように僕の背後から出てくると、七瀬先輩は唇を固く結んだ。

対峙し、にらみ合うような格好になった二人を、部員たちが固唾《かたず》を呑《の》んで見守っている。緊張がこの場を支配していたけれど、僕だけはちがうことを考えていた。

キャラクターは独立して存在している島国のようなものではない。相互に関係し、影響し合っている。目の前に浮かび上がったのは、あからさまな対立の構造だ。キャラクター同士をもっとも強固に結び付け、ストーリーをおもしろくさせてくれる関係の一つ、対立（敵対）。二人の間に何があって、お互いどんな感情を持っているのかはわからないけど、仲がよいとか、全然関係ないとかはありえない。

生徒会の前田玲奈さんは偉そうだし傲慢《ごうまん》だし権力もありそうだし、絶対的な強者のようだった。何の権力もないはずの七瀬先輩はしかし、剛に対する柔のように、強者のオーラを受け流している。そもそも前田先輩のほうが一方的に七瀬先輩を敵視しているようにも見える。七瀬先輩が前田先輩を敵視している様子はないが、かといって一歩も引く気はなさそうだ。

人は皆、それぞれちがっていて、おなじ人間などというものは存在しない。人間観察のトレーニングにより僕はそのことを知った。こんなふうに二人が向かい合うことで、個性のちがいが相対化され、鮮やかに際立つ。その際立ちから、物語や想像がふくらんでいく。この二人の間に、かつて何があったのだろう。これから何が起こるのだろう。二人の関係性はどんなふうに変化していくのだろう……。にらみ合う二人の傍らで、僕はキャラクターとしての二人の考察を行う。

「生徒会から、文芸部のみなさんに報告があります」

静寂を破るように声を出したのは、前田先輩に付き従うように立っていた男子生徒だった。銀縁眼鏡が印象的で、まじめそうな男子だ。

「いえ、通告と言ったほうがいいかもしれません」

彼が半歩前に出ると、前田先輩と並ぶような格好になった。

「申し遅れましたが、私、石井《いしい》啓太《けいた》といいます」

前田先輩と石井啓太は一つのチームであるように見えるが、それだけではなかった。石井啓太は前田先輩の忠実な後輩、もしくは秘書、あるいは弟子なのかもしれない。それとももっとあからさまな、主従関係にあるのかもしれない。

今、七瀬先輩が前田先輩に向けて手裏剣を投げたとしたなら、割って入った石井啓太が、盾のようなもので防ぐだろう。かかかかかっ、と彼の盾に手裏剣が刺さる。

前田先輩がおなじように手裏剣を投げ返したら、どうなるだろう。七瀬先輩は、さっ、と僕の陰に隠れる気がした。

そしてそこに生まれるのが……

二対二《タッグマッチ》の構造！

だけど手裏剣が眉間に刺さってしまった不幸すぎる自分はどうすればいいんだろう、などと妄想をめぐらせていた僕だったが、ようやく我に返る。生徒会の二人が、とんでもないことを文芸部に告げたからだ。

「生徒会からの通告です。文芸部は今年度で廃部になります」

一瞬、場がしずまった。彼の発言を理解するために少し時間がかかったのだろう。

「どういうこと？」

口を開いたのは七瀬先輩だ。

「廃部の理由など、いくらでもある」

前田先輩は長い髪を後ろに払った。

「佐野七瀬が四月に、あやしい方法で勧誘をしていたという、たれ込みがあった」

「私はそんなことしたつもりはないけど」

「特定の一年生をつけ回し、しつこく勧誘し、詐欺まがいの方法で入部させたそうだな」

「ああ、そのことか」

といった特徴はないけど、部の存続のために飼っているわけじゃない！　そうよね？　高橋くん」

言いたいことはあったけれど、僕はうなずいた。

「高橋くんは今、まじめに小説を書こうとしているんだから！」

「まじめに小説を書く？」

前田先輩は六匹のカマドウマを見るように僕らを見渡した。

「他の部はみんな、それなりの成果や結果を出している。スポーツなら地区大会に出て、結果を出す。文化部も大会で結果を出したり、交流会で認められたりしている。だが文芸部は何をしている？　文芸部にも全国コンクールがあるだろう。それに応募したという話は聞かないぞ。小説を書いて、お互いに読み合って、感想を言う？　それが何かの成果につながっているのか？」

井上部長が片手を挙げて発言した。

「確かに大会とかには出ていないが、われわれは、あたらしい物語を創ろうとしているんだ」

「ちょっと意味不明ですね」

割り込むように声を出したのは石井啓太だ。

「学校の予算には限りがあります。予算削減のため、無駄な部を廃して、そのぶんを県大会に出るような部に回すべき、というのが生徒会の結論です。文芸部では小説を書いているようですが、その活動に何の意味があるのでしょう」

銀縁眼鏡の石井啓太がさらに続けた。

「寄せられた情報によれば、あなた方は各々が書いた小説を身内で回し読みして、ほめ合っているらしいじゃないですか。閉ざされたコミュニティのなかでしか通用しない物語を執筆し、自己満足に浸っている。果たしてそれが文化的な活動と言えるでしょうか。私も本の価値は知っています。しかし、あなた方の執筆するフィクションは、現実から目をそらすための装置としか思えません」

「書いたものはネットで発表してるし、新人賞にも応募している。閉じてなんかいないさ」

井上部長は声色を変えずに言い返した。石井啓太をあごで下がらせ、前田先輩が進み出る。

「新人賞に応募していると言うが、あなたたちは、プロの作家になれるとでも思っているのか？　将来にとって有益な活動であれば予算を割くこともできるが、あなたたちの活動は不毛と言わざるを得ない」

部屋のなかに沈黙が下りかけたとき、七瀬先輩が声を発した。

「な、なれるよ……！」

七瀬先輩は生徒会の二人に詰め寄った。

「人間は努力次第で何にだってなれる。物語創りの技術を勉強して、ゲーム会社で仕事をしてる先輩だっているんだよ。それで収入を得てるんだから、将来にとってまったくの無益ってわけじゃないでしょう？」

「あいかわらず夢見がちだな」

前田先輩はため息をついた。

「努力次第で何にでもなれる、などという発言は無責任なものだ。無闇に夢を植えつけ、かんちがいを助長させ、周囲を不幸にするだけだ。そのフレーズで夢を与えていいのは、せいぜいが小学校低学年まで。それより上の年齢には現実を見せて自分に見合った生き方を教えなくてはならない。それが教育というものだ。ところで佐野七瀬、ゲーム会社で仕事をしている先輩というのは、原田という男のことだな？」

七瀬先輩がたじろぐように肩を震わせた。ふっ、という感じで笑った前田先輩は、それから部屋のなかを観察するように歩きはじめた。靴音が僕らの背後を移動する。

「文芸部が存続に値するかどうかを検討するため、過去十年間の文芸部出身者について調査させてもらった。具体的には彼らがどのような職についているのかを調べてみたんだ。むろん作家になった者は皆無だ。出版関係につとめている者もいない。ほとんどは小説に無関係な分野で働いている。文芸部での活動の延長で多少なりとも収入を得ているのは原田という男だけだ。しかし生徒会がもっとも問題視したのは、作家を目指すと言ったきり大学を中退してしまった者の存在だ」

僕は先輩たちと顔を見合わせた。その場にいる者は全員、ただ一人の人物を思い出している。

御大と呼ばれる男のことを。

「その人物は、高校在学中、常にトップの成績だったと聞く」

「え!?」

思わず声を出してしまった。もしかして前田先輩は別の人の話をしているのかと思ったが、井上部長が小声で説明してくれた。

「御大はその昔、神童と呼ばれていたんだ。……今じゃあ見る影もないけどね」

見る影もないって、ちょっとひどい表現だけど、確かにその通りだ。

「あわれなものではないか。作家など志したばかりに、その男は人生を踏みはずしてしまった。文芸部が有望な若者の未来を摘み取ったのだ。我々生徒会が問題視するのも理解できよう」

「その人が大学をやめたことと、文芸部での活動との間に、明確な因果関係があるとは思えない。だってその人は、文芸部があってもなくても、作家を志していたような気がするし」

七瀬先輩が反論した。前田先輩は、電源のついた状態で放置されているパソコンの前で足を止める。画面はスクリーンセーバーに切り替わっており、真っ黒な背景にウィンドウズのロゴマークが浮遊していた。

「確かに因果関係はないかもしれない。しかしこの場所は、また新たな作家志望者を増やす温床となるにちがいない。そこにいる一年生のようにな」

切れ長の目が、僕に向けられた。

「きみは小説を書くと言ったな。あらためて問うが、プロの作家になれると思っているのか？」

全員の視線が集まり、僕の全身から汗がふき出した。どんな回答をすればいいのだろう。取り繕った嘘をついても、この人はすぐに見抜いてしまうにちがいない。正直に思っていることを口にするしかない。

「僕が、プロの作家になんか、なれるわけありません。七瀬先輩は努力次第でなれるって言いましたが、僕には、なれるとは……」

七瀬先輩が落胆した表情で僕を見つめた。だけど現在の文芸部員のだれかが、作家デビューできる可能性は、どれくらいあるだろう。この部屋で書かれた先輩たちの小説を、僕もいくつか読んだ。しかし、自信を持って商業的価値があると言えるものには出会っていない。

「だけど……」

みんなの前で意見を口にするのは苦手だった。視線が集中すると、こわくなって逃げ出したくなる。でも、もう引き下がれなかった。

「僕たち、というか、あくまでも僕のことなんですけど、就職試験のつもりで小説を書いてるわけじゃないんです。だから、その、プロになれるとか、なれないとかは、別問題で、つまりその、なんというか……」

「まだるっこしい。さっさと結論を」

考えのまとまらない僕に、前田先輩がいらついたような声をもらす。さっきから薄々気付いていたけど、この人は短気だ。

「僕は思うんです。小説を書くことは、鏡をのぞき込むようなものなんじゃないかって」

前田先輩は、少しだけ興味を惹かれたような表情をした。

「くわしく聞かせてもらおうか」

「あの、僕はまだ未熟なんです。自分がどういう人間なのかを、本当の意味では知らないし、わからない。自分のなかにどんな夢や欲があるのか、どんな差別意識やおごりがあるのか、そして家族や仲間に対してどんな感情を抱いているのか、そういったものさえ、まだよくわかっていないんです。探している途中なんです、自分の姿を。それが、小説を書くことで見えてくるような気がするんです。だから僕にとっては、書くことが必要なんです。たとえプロになれなくても……」

話している途中から、恥ずかしくなって、うつむいてしゃべった。真っ赤な顔を見られたくなかったからだ。話し終えたとき、だれかが肩に手を置いた。七瀬先輩だった。

「玲奈ちゃん、今の発言を聞いても、私たちの執筆が不毛なものだって言える？　書くことは今の高橋くんにとって大事なことなんだ」

前田先輩はしかし動じなかった。

「執筆は個人で行えばよい。わざわざ部活にすべき理由がどこにある。武道とはちがい、練習相手がいなくともできるはずだ」

「意見交換することによって、客観視できるようになるんだよ。向上心も持てるし」

「寄り集まって、和気藹々《あいあい》とやっていたいだけではないか」

二人のにらみ合いが続いた。しかし、ふと前田先輩が僕のほうを見て、耳にかかった長い黒髪を払った。

「言いたいことはいろいろある。だが、その一年生の言葉を、私も少し考えてみよう。この議題は持ち帰り、生徒会役員会議にて検討させてもらう。もっとも、部活としての活動内容が有意義なものであると証明されないかぎり、存続の可能性はないだろうがな」

くるりと僕たちに背中を向けて、立ち去ろうとする前田先輩を、石井啓太が慌てて追いかける。二人が部屋から出ていく直前、僕は声を上げた。

「さっきのは、僕の言葉じゃありません」

足を止めた前田先輩が、僕を横目でにらむ。

「だまっていようかと思ったけど、正直に言います。小説を書くことは、鏡をのぞき込むようなものだって、そう表現した人がいるんです」

「どこぞの文豪の言葉でも引用したか？」

僕はうなずいた。

「文豪ではありませんが、学年トップの成績で、昔は神童と呼ばれていた男が、この前、僕に言ったんです。今では見る影もないですけど……」

前田先輩は口元に薄く笑みを浮かべた。

「鏡をのぞき込んだまま、戻ってこられない男の言葉だったか。それはそれで感慨深いものがあるな」

生徒会の二人が出ていきドアが閉められる。僕たちはどっと息を吐き出した。

◇

翌日、生徒会の役員会議が行われたらしい。石井啓太がその報告にやってきた。

「文化部の発表の場である学園祭で、だれもが納得する成果を見せることを、文芸部存続の条件とします」

具体的には次の四項目を満たさなくてはならないという。

一つ、学園祭で部員の作品をまとめた冊子を発行、頒布すること。
一つ、掲載する原稿は、過去のものではなく、本年度中に書かれたものであること。
一つ、新入部員のオリジナル小説を、必ず一つ以上入れること。
一つ、その冊子に価値があること。

完成した冊子は生徒会で精読され、価値があるのかどうかを判断される。代筆などの不正は厳しくチェックされる。

僕たちはその条件を受け入れた。それで廃部をまぬがれるのなら、受け入れるしかなかった。

問題があるとすれば、僕が小説を書き上げなくては、条件を満たすことができないということだ。

小説が書けない、この僕が……。

第三章　書けない理由

二泊三日の合宿を行うような場合、さすがに大人がつきそっていなくては許可が下りない。名ばかりの顧問の先生には頼めなかったが、原田さんに参加をお願いし、文芸部の社会人ＯＢが引率するということで、学校側の許諾を得ることができた。

保護者にも話を通す必要がある。高校生になったとはいえ、無断で二泊三日も家を空けるわけにはいかない。夕飯の席で弟のサッカーの話題が一区切りつくのを待ち、僕は口を開いた。

「今度、合宿があるから、何日かいなくなるけどいいよね」

「合宿って？　兄ちゃん、何の合宿？」

弟の颯太が身を乗り出した。

「部活だよ、文芸部」

両親は食事の手を止めて、まじまじと僕を見た。文芸部に入部したことは、まだ伝えてなかった。小中学校時代、僕は一切のクラブ活動をしていないから、当然のごとく高校でもそうなのだろう、と二人は思い込んでいる。

「光太郎、部活入ってたんだ」

母が驚いている。

「最近、帰りが遅かったのは、そのためだったんだね」

息子が文芸部に所属していることに対し両親は肯定的だった。反対意見など出るはずもない。僕が自ら何かを始めたいと言い出すことは希《まれ》だったし、口にはしなくても、両親は最近の僕の無気力な態度を心配していたのだろう。

「文芸部って、どんな活動をするところなんだ？」

「文学について語り合うんじゃない？」

父と母は明るい顔で話した。理不尽なもので、なぜだかそういう光景に、いらついてしまう。両親が僕の行動を肯定してくれることを、本来ならありがたく思わなくてはいけないのに。

自分の出生に関する秘密を知って二年が経った。重すぎる事実だったが、それまで通りの家族を演じている。両親と話すとき、ぎくしゃくするようになったが、傍目《はため》には普通の家族に見えるだろう。

しかしふとした瞬間、息がつまった。目の前にいる父は自分の本当の父親ではない。目の前で父と笑って話している母は、他の男とセックスをし、僕を産んだ。食事の皿が並べられたテーブルをひっくり返して、母の裏切り行為を口汚く追及し、泣かせたくなる衝動が起こった。だけどそれをいつも止めてくれるのが颯太の存在だ。

彼には何も知らないまま明るく生きてほしい。その思いのおかげで僕は奇跡的に、家庭内暴力を起こすことなく、家族の一員を演じられている。

「小説を書くんだよ。書き方を先輩に教えてもらって」

「へー、すごいじゃん！　兄ちゃん、それ読ませてよ！」

爽《さわ》やかな顔立ちの颯太が言った。父の血を引いていることが一目でわかる。

弟とのやりとりを見て、母が目を細めた。僕は母から目をそらす。

思いやってくれているのはもちろんわかる。だけどそのやさしさを感じるたびにいらいらがつのり、母のいる家から飛び出していきたくなる。自分から切り離したひとつの人格として、母という存在と対峙《たいじ》するには、どうすればいいのだろう。いつの日か大人になれば、こんな風に考え込んだりしなくなるのだろうか。

文芸部の話題がひとしきり終わって、夕飯が片付けられた。食器洗いをする母の背中や肩幅は、年々、縮んでいくように見える。本当に小さくなっているわけではないだろうから、僕が大きくなったのだろう。

家を飛び出す代わりに、僕は階段をのぼって、自室の扉を固く閉じる。そして、あの記憶のことを思い出す。

母は覚えていないだろうけど、ほんの半年くらい前に起こったことだ。とてつもなくリアルな記憶でありながらも、霧のなかで見た夢のように輪郭がぼやけている。

あれは凍えるような冬の夕方だった。帰宅すると母がソファーで寝ており、テーブルの上には封を開けた風邪薬の箱があった。母は朝、咳《せき》をしていたから、風邪をひいていたのだろう。頭の下にクッションを置いて横になり、薄手の毛布をかけていた。室内は少し暗かったが、電気ストーブのおかげで暖かい。

僕が室内に入る気配で母は薄く目を開けた。肘《ひじ》をついて上半身を少しだけ起こす。だけど寝ぼけていたのだろう。それとも、薬のせいで頭がぼんやりしていたのだろうか。僕が第二次性徴期にさしかかって、体つきが変化してきたからかもしれない。電気ストーブの赤色の光をあびた僕の立ち姿が、きっとその人に似ていたのだろう。

僕を見た母が、僕の名前でもなく、父の名前でもない、知らない名前を口にした。まどろみから抜け出せていない母の顔は、どこかなつかしそうな表情だった。あまりのできごとに、僕は体を硬直させた。

僕のなかに芽生えたのは恐怖だった。母が自分の知らない人間に見えた。一ミリも動けないでいると、眠けに抗《あらが》うことができなかったのか、母はまた目を閉じて寝息を立てはじめた。母が僕の本当の父親の夢を見ている、と、直感が告げていた。

家を飛び出して寒空の下を走った。駅前で座り込んでいると、不良たちの集団がちらちらと僕を見ていた。ファストフード店に入って不良たちから逃れようとしたが、財布を持っていなかった。また夜を走り、公園で時間を過ごしていると、酔っぱらったおじさんに怒鳴られた。駅前にもいられず、公園にもいられず、自分をかくまってくれるような友人もおらず、どこにも行き場がなくて家に戻った。その晩は母の顔を見ることができず部屋にこもった。母に問い質《ただ》すことも考えたが、弟の手前、踏みとどまった。寒空の下で冷え切った手に、なかなか感覚が戻らなかった。

不思議なことに、母が口にした人物の名前を、思い出すことができない。記憶から抹消してしまったのだろう。母はもしかしたら今もその人物と通じ合っているのではないかと疑い、行動を見張ったことがある。証拠をつかむことができたら、正義の名の下に母を断罪できると思ったのだ。しかし母の行動におかしなところはなく、そのうちにばかばかしくなってやめた。

◇

八王子《はちおうじ》インターを抜けると登り道が多くなってきた。定員いっぱいの七人が乗ったミニバンはさすがに重い。高いエンジン音とともに登坂車線を行くエルグランドを、赤いスポーツカーが追い抜いていく。

「そうなんですよ。体制派にはそれがわからんのですよ。生徒会のやつら、小説を書くなんて無駄だって」

運転する原田さんに向かって、井上部長がぐちを言った。

「気にすることはないよ。個人の想像や思念をテキストにする、そのことがどれだけ人類の進歩や、文化の発展に寄与してきたか、彼らは知らないんだ。というより、興味がないんだろう。それはそうと、感慨深いね、ついに部誌を発行することになったんだろ？」

「ええ、そうなんです」

「これから一番大変になるのは編集の七瀬かもな。原稿を集めてレイアウトをして、目次や表紙を作って、それから校正をして、入稿をしたあとにも、やらなきゃいけないことはたくさんあるから」

「はい、頑張ります」

原田さんはそれからまた、助手席に座る七瀬先輩と何か言葉を交わした。エルグランドの三列目のシートに座っている僕からは、二人の表情は見えない。

そっと目を閉じ、また目を開けた。大丈夫だろうか、とふくらんできた不安から逃れたくて、窓の外のきれいな景色をながめる。だけど木々の緑や、遠い山の稜線《りょうせん》も、僕のプレッシャーを軽減させてはくれない。やがてエルグランドが小仏《こぼとけ》トンネルに突入した。規則的に続くオレンジ色の光が、お前に小説が書けるのかと問い続けているかのようだ。

僕が小説を完成させ、部誌に収録することができなければ、文芸部は廃部になる。それが生徒会の出した条件のひとつだ。プレッシャーを与えまいと気づかっているのか、先輩たちはだれも、早く書け、などとは言わない。だけど僕はあの日から、猛烈なプレッシャーを感じている。毎日、焦りながらパソコンに向かうのだけど、もともと進まなかった小説は、ぴたりと止まってしまった。書かなければと焦れば焦るほど、次の一行が遠い。

「談合坂《だんごうざか》のサービスエリアで休憩しようか」

原田さんがゆっくりと左にステアリングを切った。

「うわあわっ」

驚く声が最後列に座る僕の隣から上がる。鈴木先輩は車線変更のたびに悲鳴を上げているが、慣れっこになっている部員たちはもう、そのことについて何も言わない。

何日か前、鈴木先輩からアドバイスをもらった。「おもしろい人におもしろい小説が書けるわけじゃないと思うよ」と。「僕はこわがりだから、こわい小説が書ける。だからきっと、おもしろがる人に、おもしろい小説が書けるんじゃないかな」。なるほど、と目から鱗《うろこ》が落ちるようだった。おもしろくもないし、気の利いたことも言えないし、頭もよくないし、これといった特徴も特技もない自分に、価値のある小説なんて書けるとは思えなかった。でも僕のような人間だからこそ、書けるものがあるのかもしれない。

「談合坂って変わった名前だね」

「ここで何かを談合したのだろうか」

サービスエリアで車を降りて、文芸部員はそれぞれ伸びをしながらトイレに向かった。僕はため息をついてみんなの後ろについていく。トイレを済ませ、のろのろと手を洗う。顔を上げると、どこにも行けない哀れな僕が、鏡の向こうからこっちを見ている。

「去年の学祭が懐かしいな。あれは楽しかったな」

休憩所で、原田さんにおごってもらったモダン焼きを頬張りながら、井上部長が言った。鈴木先輩はしょうが焼きドッグというものを手にしていたが、熱さをおそれているのか、まだ口をつけていない。

「去年は何をしたんですか？」

食欲のない僕は、お茶を一口だけ飲んだ。

「お団子屋をしたの。文豪お団子とか言って。太宰焼きとか、三島焼きとか、ちがいが全然わかんないやつ。私は部誌を出そうって言ったのに」

七瀬先輩は小仏焼きというものを、原田さんと半分ずつにして食べている。

「部誌については、俺も責任を感じているんだ」

原田さんが言った。最近知ったのだが、原田さんの代で一度、部誌を発行しようと試みたことがあるという。今回とおなじように、学園祭でそれを頒布しようと計画した。しかしそれをご破算にしたのが、原田さんの一学年後輩の御大だった。

御大はかつて、神童と呼ばれていたが、変人としても知られていた。当時、毎放課後、知識の橋を渡った先のリバービューラウンジに、異様な光景が現れたという。白い手袋をした御大が、鬼気迫る表情で原稿用紙にかりかりと何かを書いている。ほの暗さと熱気と迫力が立ちのぼるその場所に、だれも近寄れなかったらしい。

「あのときは、みんな小説を書くのが初めてだったし、人数も少なかったから不安だった。だけどともかく、原稿用紙三十枚の作品を、全員が必ず仕上げて、部誌にしようって誓い合ったんだ。だけど締め切り日に、あいつは原稿を持ってこなかった。書いていたものは確かにあったはずだけど、それを載せることを拒否したんだ。他の部員の作品だけで部誌を作ることだってできた。だけど全員の作品を載せるというのが最初の約束だったから、学園祭での頒布は見送ったんだ。あいつの原稿の完成を待って、また別の機会に部誌を作ることにした。だが、その判断を今は反省している」

なぜなら御大が小説を完成させることはなかったからだ。結果として原田さんは部誌を発行することなく卒業し、計画も立ち消えになった。この文芸部はまだ一冊の部誌も発行したことがない。

「だから今回、俺もOBとしてできるだけの協力をするよ」

「おなしゃっす、先輩」

井上部長はモダン焼きを頬張りながら頭を下げ、それから全員に向き直った。

「グループの総力を結集し、生徒会に一泡吹かせてやろう。そして文化を取り戻すんだ！」

グループの総力というのが何のことかわからなかったけれど、部員一同はうなずいた。

「そうですね。みんなでいい部誌を作りましょう！」

明るい声で言った七瀬先輩が、僕のことをちらりと見た。僕は一人、そっと目を伏せる。

「ござるか。いい雰囲気だ。人は城、人は石垣、人は堀。今日のこの瞬間を、〝談合坂の誓い〟として後世に伝えよう」

桔梗信玄餅《ききょうしんげんもち》を食べながら、水島副部長はたぶん、武田信玄にちなんだことをつぶやいた。

僕だって小説が書きたかった。家にも教室にも居場所がない自分にとって、今では文芸部が一番大切な場所になった。文芸部がなくなったら、七瀬先輩に会う理由もなくなってしまう。

それなのに、僕は小説が書けない。

◇

車の窓から河口湖が見えた瞬間、わあっとみんなで声を上げた。湖に沿った道をしばらく進み、やがてエルグランドは宿に着く。

旅館の名は北浜荘《きたはまそう》といった。安いという理由だけで選んだらしいが、一目でいいところだとわかった。壁や廊下、玄関からしてかなりの古さを感じさせたが、手入れは行き届いているようだ。大広間からのレイク・ビューが、僕らを盛大に迎えてくれる。窓の向こうに河口湖が広がり、その向こうに富士山が堂々と聳《そび》えている。山腹に小さな雲がたなびく。

「感動の光景だね。風呂《ふろ》屋のペンキ画のような、って太宰は揶揄《やゆ》したけど、実際に見るとやっぱり大迫力だ」

原田さんの言葉に僕たちはうなずいた。目の前のフジヤマは、ただの様式美ではなく、自分たちには踏み込めないような〝自然〟を内包している。大広間の窓越しにもひしひしと伝わってくる。

聳え立つ富士山や、その手前で煌《きら》めく湖面を、僕らはしばらく見つめた。北浜荘の下はちょっとした砂浜になっており、釣り船用なのか、小さな桟橋がある。手こぎのボートが一艘《そう》、そこに舫《もや》われている。

「あれは何だ？　島の手前」

河口湖の向かって右のほうに小さな島があった。目を凝らしてみると、小島の手前で何かが動いている。

「魚影か？　それにしては大きすぎるか」

「もしかしてUMA《未確認動物》？」

「か、カワッシーだ！」

鈴木先輩が大声を上げた。湖の真ん中で、謎の物体は怪しく蠢《うごめ》く。

「ただのボートじゃないか？」

原田さんの言うとおり、河口湖のカワッシーなんているわけがなく、それは単なるボートに見えた。でもだとしたら一体、あんな沖で何をしているのだろう。ぱしゃり、と、スマートフォンで鈴木先輩が写真を撮った。

階段を上がると細い廊下に客室の扉が並んでいた。「あかね」「あさぎり」「ふじ」といった名前が、各部屋についている。一行は男子部屋と女子部屋と原田さんの部屋に分かれる。

井上部長と鈴木先輩と僕が布団を並べる「さつき」の部屋は、廊下の奥まった位置にあった。十畳の部屋には小型のテレビと冷蔵庫があり、障子を開けるとガラス窓の向こうに河口湖と富士山が見える。壁や畳は古く、どことなく陰影が濃い。「趣のある部屋だね」と井上部長は満足そうにしていたが、鈴木先輩の顔面は蒼白《そうはく》だった。

「この部屋は出る。この世のものでない何かが。壁の染みが、ほら、まるで、大勢の人が手形を押したように――」

「気のせいです。先輩、落ち着いてください」

「天井の木目だって、ほら、苦悶《くもん》の表情を浮かべた顔が並んで、あああ」

「先輩！　落ち着いて。それよりも合宿の予定表を見せてください。なくしちゃったみたいなんです。コピーを取っておけばよかった……」

今回の合宿に向けて、七瀬先輩が予定表を作ってくれた。Ａ４サイズのプリントに、二泊三日のスケジュールや、北浜荘の電話番号などが記してある。しかし僕はそれを部室に置き忘れて、紛失してしまったのだ。

鈴木先輩は天井の木目を気にしながら、鞄《かばん》から予定表のプリントをひっぱり出して見せてくれた。スケジュールによるとこの後、全員で一階の大広間に集合し、部誌作成についての話し合いをすることになっている。大広間の使用許可はもらっている。団体客が宿泊し、宴会などに貸し出されていたなら断られていただろう。だけど現在、宿泊者は僕らの他に、もう一人男性客がいるだけらしい。

「夜はゲーム大会だからね。『キャット&チョコレート』をプレイするよ」

井上部長が柔和な笑顔で言った。鈴木先輩はまだ何かに怯《おび》え続けている。

ミーティングの時間になり、男子三人は階段を下りた。大広間の襖《ふすま》は、冷房を効かせるためか閉められている。部屋に入ると女子三人と原田さんが雑談していた。

「あ、そろそろ始めますか？　部長」

「そうだな。まず机を中央に集めるか」

そのとき、窓辺に近いところにいた水島副部長が声を発した。

「おや？」

窓ガラスにはりついて河口湖の一点を凝視する彼女に、僕らも倣った。

河口湖に向かって右のほうに小さな島がある。島の方角から、今まさに、湖面に浮かんで近付いてくるものが見える。岸に上陸せんとする意思が、ここまで伝わってくる。

さっきはUMAだとかカワッシーだとか言っていたが、やはりそれはボートだった。こちらに背を向けて櫂《かい》を動かしている男の輪郭もはっきりとわかる。

顔を見合わせた一同は、ボートの男の顔を確かめようと大広間を出た。北浜荘の一階は道路に面した正面玄関となっており、階段を下った先の地階に、大浴場と砂浜へ出るための裏口がある（砂浜と道路の間に高低差があるためそのような構造になっているようだ）。階段を下りて裏口に向かって走り出した僕らの姿を、旅館の主人が訝《いぶか》しげにながめている。

裏口には下駄《げた》が三足ほどあった。駆けつけた者から順に履いてしまったので、僕はスリッパのまま外に出る。問題のボートは北浜荘裏のこぢんまりとした栈橋へと辿《たど》り着いていた。

「なんだ、お前たちも来ていたのか。偶然だな」

栈橋に下り立ったその男が言い放った。やはり僕らの見間違いではなく、ボートを漕いでいたのはかつて神童と呼ばれていたが今は見る影もない男、御大だった。

「そうか。そういえば、合宿をやる時期だったな。今年の合宿先はもしかして河口湖なのか？原田元部長が、引率を引き受けたといったところか」

御大はボートからロープをひっぱり出して栈橋につなぐ。

「武井、ここで何をしてる？」

原田さんが質《ただ》した。

「取材のため、昨日からそこの旅館に泊まっている」

僕らは顔を見合わせた。北浜荘に宿泊しているという、もう一人の男性客とは、御大のことだったらしい。

「取材というのは、小説の取材か？」

「そうだ。ヒンドゥー教の女神、サラスヴァティに関する小説を書こうと思っている。サラスヴァティと言えば、日本で言うところのいわゆる弁財天だ。ちょっと調べてみたら、河口湖に浮かぶ小さな無人島に、弁財天を祀《まつ》った神社があるというじゃないか。ためしに上陸してみることにしたんだ。なかなか興味深い場所だったぞ。無人の島に鳥居があり、小山があり、その頂に神様を祀る社があった。見事なもんだ」

「相変わらずお前は、年上の俺に対しても、同級生のように話しかけるんだな」

「学年のちがいに何の意味があるだろう」

困っている先輩を助けるのが後輩のつとめだ、などと言って僕に食事の代金を払わせた御大の台詞《せりふ》とは思えなかった。原田さんに背を向けた御大は、河口湖の向こうの富士山を見上げる。

「奇妙な偶然というものは、しばしば起きるものだ。メジャーリーガーのリッチー・アシュバーンは、おなじ観客に二度もファウルボールをぶつけた。阪神大震災で奇跡的に助かった喫茶店の店名は『五時四十五分』という。しかしまさか、俺の取材先と、文芸部の合宿先が一緒になってしまうとはな。お前たちの俺に会いたいという気持ちが、この偶然を引き起こしたのかもしれんな。だが、俺は取材がいそがしいから、あまりお前たちの相手はできないがな。調査すべきことが山ほどあるんだ。高校生相手に無駄話をしている時間など俺にはないが、おなじ宿に泊まっているのであればしかたない。お前たちを無視できるほど、俺は鬼ではないからな。いつでも部屋をたずねてきてもいいんだぜ。俺は『きく』の部屋に泊まっている。『きく』だからな。いつでもいいぜ」

　御大はポケットから煙草とライターを取り出した。その際、一緒に出てきた何かが、偶然の風に吹かれて、僕の足下に落ちた。拾ってみると、煙草と同サイズくらいにまで折りたたまれた紙だった。

「何か落ちましたよ」

　紙の折り目のあたりに、見覚えのある文字があった。それは七瀬先輩の作成した合宿予定表のプリントで、合宿へ持っていくもののリストが書いてあった。僕の筆跡で。

　つまりそれは部室に置き忘れてしまった僕の予定表だ。つかつかと近付いてきた御大が、僕から紙をぶんどってポケットにつっ込む。

「こいつは秘密の取材メモだ。サラスヴァティに関する様々なことが書いてある。例えばスリーサイズとかな」

　御大が言い切るので、僕はうなずくしかなかった。

　河口湖からボートで現れたその男は、それじゃあな、と言い残して「きく」の部屋に向かった。大広間に戻った僕らは、ミーティングをするため、のろのろと長机を並べる。仲間と一緒に合宿するという非日常に胸を躍らせていたみんなは、珍客の乱入にすっかり意気消沈したようだ。井上部長が深いため息をついた。

「面倒くさいことになってしまったなあ。どうしてこの場所がわかったんだろ。奇妙な偶然って言ってたけど」

自分が予定表を置き忘れたせいで、とは言い出せずに、僕はうつむきながら長机を運んだ。反対側を持っていた鈴木先輩の足が、急に止まった。

「まさか、この場所を知るために、御大は悪魔と契約して……」

「そんなわけないだろ。だいたいあの人、生まれたときから悪魔と契約してそうだし」

四つの長机が、大広間の中央に長方形に並べられた。水島副部長が座布団を配り、ミーティングのためのスペースができあがる。

「いるはずのない人物が現れる。中国大返《ちゅうごくおおがえ》しのようなものか」

部長と副部長が上座に、他の部員たちは両側に腰を下ろした。下座に座った原田さんが口を開く。

「みんなすまないな。あいつも寂しいんだろう。ここは偶然ってことにしてやってくれ」

大広間の隅で七瀬先輩がお茶をいれはじめた。全員に配り終えて自分の席に着く。井上部長があらたまった口調で言った。

「では、文芸部、河口湖合宿における、第一回ミーティングを始めます」

水島副部長がノートパソコンを開き、他の部員は筆記用具を準備した。

「編集長、後はよろしく」

最初の挨拶《あいさつ》だけやって、井上部長はいきなり七瀬先輩に司会を丸投げした。何という適当さだろう。部誌については何も決まってなかったけれど、七瀬先輩が編集長をすることだけは、夏休み前に満場一致で決まっていた。一度手元のノートに目を落とした七瀬先輩が、ゆっくりと声を出す。

「まず、部誌の名前はどうしましょうか？」

「名前は部誌の顔だから、大事だよね」

「今回だけ？　それとも今後もずっとおなじ名前なのかな？」

「今後も部誌を発行し続けるんですね？」

「もちろん。おなじ名前で、ｖｏｌ．２、３って続いていくわけだ」

「じゃあ創刊号の責任は重大だよね。後世まで受け継がれるわけだし」

「創刊号っていうと、値段が安いやつだ」

「ござるな。『日本の城』シリーズはいい。あれはいつも欲しくなる」

やいのやいのと騒ぐ僕たちをフジヤマが見守っている。

「先輩、デアゴスティーニの話じゃなくて。いいアイデアはありませんか？」

「一つだけある。いつか部誌を出すことがあったら、この名前にしたいと、以前からずっと温めていた名前だ」

　水島副部長が厳かな声で言った。

「部誌に相応《ふさわ》しいタイトル、それがこれだ」

　ノートパソコンに特大フォントで『武士』と表示させて僕たちに見せる。

「だめだろ」

「ダジャレはやめようよ、美優ちゃん」

「僕もだめだと思います」

　だけど部誌のタイトルをどうするかなんて、なかなか難しい問題だ。子どもの名前を決めるのに等しい。僕の場合は父が、と考えかけて、頭からその思考を追い出す。こんなところまで来て、家族のことを思い出したくない。

　結局、タイトルについては保留になった。

　次に表紙をどうするのかについて議論した。七瀬先輩は編集長として話し合いのテーマをいくつか考えてきたみたいだ。表紙には写真を使うのか、それともイラストを使うのか、素材は独自に用意するのか、あるいは写真部や漫研とコラボするのか、というふうにあらかじめ論点が絞られている。話し合いの結果、表紙には、部員が撮った写真を使うことになった。

「みんなこの合宿中から、いろんな写真を撮るようにしてください」

　七瀬編集長は次々と物事を決めていった。

「内容に関して、まずは一人一作、オリジナル小説を仕上げるということでいいですよね。それ以外には、部長があとがきを書くことになっています。他には何かありますか？　他校の文芸部の活動を参考にすると、やはりメインは小説ですが、詩や俳句や短歌、論文を書く人もいるみたいです」

「確かにいろいろあったほうが、生徒会の心証はいいかもな」

「でも別に、生徒会のために部誌を出すわけじゃないし」

「まあ、そうだけど」

「水島先輩は、何か歴史のことを調べて論文を書く、といったことに興味はないんですか？」

「ないわけではないが、受験勉強もあるしな、そんなに時間を割けないぞ。鈴木は？　二年生なんだから、ひまではないか？　心霊現象について何か書いたら？」

「僕なんかが、おそれおおいですよ。オカルト研究会のパネル展示とくらべられたら恥ずかしいです。でもいつの日か、全国の心霊スポットを一人で巡り、それをまとめたいという夢はあるんだけど、それにはまだ勇気が……」

「一つ、いいか？」

原田さんが初めて口を開いた。

「論文でも、それからこれは小説でもそうだが、知っていることや、自分が詳しいことを書くんだ、って思い込まないほうがいいぞ。知っていることや、わかっていることなんて、たかが知れている。自分が知っていることを書くんじゃなくて、自分の知りたいことを書くんだ。知りたいこと、理解したいこと、探りたいこと、それこそが小説や論文のテーマになるんだ」

原田さんの言葉は、何を書いていいかわからない僕の胸に響いた。自分の知りたいこと、理解したいこと、探りたいこと。それは何だろう？

「あ！」

中野先輩が何かを思い付いたように声を出した。

「あのね、七瀬ちゃん、詩とか短歌を書いてみたら？　編集作業も大変だろうけど」

「ええっ！　無理です。無理ですよ」

「みんなの原稿を待っているうちに書けるんじゃないか？　詩とか俳句とかが部誌に載っていれば、そういうのに興味がある新入生が入部してくれるかもしれないし」

「いや、でも……、私、そういうのは」

原田さんがやさしい笑顔で七瀬先輩を見た。

「七瀬、やってみるといいんじゃないか。編集者になりたいんだろう。小説を書く人間をサポートしたいなら、彼らの味わう生みの苦しみを、自分でも体験してみたほうがいいんじゃないか？　俺も短歌なら多少はわかるし、教えてやれるぞ」

「……はい」

七瀬先輩は覚悟を決めたようにうなずいた。

「わかりました。へんてこりんなものになっちゃうかもしれませんが、やってみます」

最後にスケジュールの話になった。学園祭は今年、九月二十七日に行われる。そこから逆算し、二週間前に印刷所に持っていくためには、九月十三日に全ての作業を終えなくてはいけない。編集作業は事前にできるだけ進めておくが、最後の作業に三日、できれば一週間ほしいとのことだ。その前の一週間程度で、校正の作業をする。

「だから、最初の原稿は九月一日に出していただきたいんです」

「つまり、夏休み中に書く、と」

「まあ、夏休みに頑張れば、なんとかなるかな」

全員が、ちらり、ちらりと、僕を見た。

「ほら、まだ一ヶ月くらいあるから、余裕だよね」

「ござるな。小説ってのは、書きはじめたら案外あっという間だ。墨俣城が一夜で完成したように」

「焦ったりしないことが肝心だよね」

僕の目はたぶん、虚ろになっていた。だけどみんなに心配をかけまいと、気力をふりしぼって返事をする。

「なんとか、書き上げ、たいなと、思い、ます……」

しかし頭のなかでは念仏のように次の言葉がくり返される。

僕が小説を書けなければ廃部。

僕が小説を書けなければ廃部。

僕が小説を書けなければ廃部。

「部誌の話は以上だ。次は創作について話し合おう」

井上部長が必要以上に明るい声を発した。

「今日は〝書けないときはどうしてる？〟っていう話をするのはどうだろう？」

「いいですね。私もみなさんが書けないとき、どうやってスランプを脱しているか興味があります」

部長も七瀬先輩も、とてもわざとらしい口調だ。

「書けないときみんながどうしているか知ったら、とても参考になるな。きっとすいすい書けるようになるにちがいない」

「ござるな。近松門左衛門《ちかまつもんざえもん》にも、スランプがあったらしい。でも仲間の話を参考にしたら、す〜いすい書けるようになったという話があったような、なかったような」

「私もそのテーマには、ずっと興味があった気がする」

ありがたいけれど、いたたまれない気分だった。先輩たちはそのテーマで話すことを、僕のいないところで打ち合わせていたのだろう。

「あの……、じゃあ、僕も、興味があります」

僕が弱々しい声を発した瞬間、大広間の襖が勢いよく開けられた。襖は溝をすべって柱に当たり、だん、と大きな音を発する。今回ばかりは鈴木先輩以外の部員も、驚いて悲鳴を上げた。

「おやおや？　こいつは偶然だなあ」

こちらも随分、わざとらしい口調だった。

「たまたま大広間で富士山を見ようと立ち寄ったのだが、まさかミーティングをしているとはな。仕方がない、ちょっと参加してやろう」

御大の出現に、全員が嘆息した。


「仲間に入りたいなら、そう言え」

原田さんがあきれ顔をした。御大は上座の位置に向かう。井上部長と水島副部長が視線を交わして無言のうちにしりぞくと、そこへどかりと座り、あぐらをかいた。

「仲間に入りたい？　馬鹿な。俺の行く先でミーティングをしていたのはそっちだろう。ところで話し合いはどこまで進んだ？　部誌についての相談をしていたのではないか？」

「部誌を出すことも知っているのか」

「噂に聞いている。生徒会の提案した条件もな」

長方形に並べた長机の両端で御大と原田さんが向かい合うような形になった。七瀬先輩がお茶を注いで御大の前にそっと置く。

「水島、議事録を見せてやれ」

原田さんの指示にしたがって、水島副部長がノートパソコンの画面を御大に向ける。さっきまでの話し合いの内容が表示されているはずだ。御大は周囲に威圧感を放ちながら、にらむようにそれを見つめる。

「どうだ？　今の段階で意見はあるか？」

御大はノートパソコンを水島副部長に戻し、腕組みをして目をつむった。太い眉《まゆ》をひそめた、難しそうな表情だ。

「ああ、意見はある」

目を開き、僕たちの顔をにらみつけた。

「一言で言うなら、あさはかだ。お前たちは何もわかっちゃいない。和気藹々《あいあい》とした、ぬるい話し合いはさぞかし楽しかったろうな。文芸部が廃部の瀬戸際にあるというのに」

「一体どこがいけない？」

「表紙だ。お前たちが旅で撮った写真などを表紙にして、いいものになるはずがない。俺がなんとかしよう。タイトルは、しかたない、あとで俺が名付けてやる」

「武井、もう帰れ」

「なんでだ？　俺は本気で言ってる」

「ならば余計、頭にくる」

立ち上がった原田さんの目がすわっていた。長方形に並べた長机のもう一方の端で、御大も仁王立ちした。緊張をはらんだ場の雰囲気に、僕は息を呑《の》む。しかし井上部長が困り顔で二人の間に入り、視線をさえぎるように両手を振り回した。

「まあまあまあ、先輩方、お座りください。ここは僕の顔に免じて」

窓の外に鳥がやってきて、また飛び立った。原田さんと御大は、じろりと井上部長をにらみつけ、やがてゆっくりと畳の上に腰を下ろした。頭を下げる井上部長に対し、御大はフンと鼻を鳴らす。

「豆大福のような顔をさらしやがって、気が抜けてどうでもよくなったぞ」

「でしょう？」

井上部長はにこにことしている。あの場で立ち上がり、二人をおさめてしまった井上部長を僕はひそかに尊敬した。原田さんがお茶を一口飲んだ。

「卒業生の俺やお前が部誌のタイトルを決めるのはだめだ。現部員が決めなきゃ意味がないだろう。表紙の写真についてもそうだ。お前に否定される謂《いわ》れはない」

「文芸部を思ってのことだ」

「お前はとにかく議論に参加したいだけだろう。そのため、すでに決まっている事柄を否定しているんだ。話し合いを続けるぞ。それ以上、しゃべるのならどっか行け」

御大はまだ何か言いたそうにしていたが、結局は口をつぐんだ。

井上部長のしきりでミーティングが再開された。スランプからの脱出方法という議題について意見を集める。みんなが心配してくれているのがわかっていたから、僕は真剣に耳を傾ける。特に多かった解決法は、〝一時的に書くのをやめて他の作品にふれてみる〟というものだった。いつもとはちがうワープロソフトを使用して気分を変えるというアイデアもあった。散歩をするといい、とか、人と話をしてみるといい、という意見もあった。

「俺の場合、書けなくなるのは、書くのが楽しいと思えないときだ」

原田さんも自分の経験を教えてくれた。

「そんなときは、執筆中の物語に問題を抱えていることが多い。無意識に自分の作品をつまらないと感じ、その結果、手が止まってしまっているんだ。だけど認めたくないから、惰性で書いてしまい、つらくなってくる。解決法は、物語の問題点を改善してやることだ。それは執筆することよりも、ある意味で難しいことだけど」

ふと御大を見れば、どことなく居心地悪そうにしていた。人差し指でひざをとんとんとたたきながら窓の外を見ている。

「武井はどうだ？　お前も長いことスランプ状態のはずだが」

「俺はスランプではないし、書けないのではない。書かないのだ」

「なぜ書かない」

「答える義理はない」

原田さんがにらむ。しかし御大は口を結んで窓の外の富士を見つめる。

「武井、お前は小説を書いてはいない。そのくせ、一流の作家気取りで他の部員の書き上げた作品を上から目線で貶《おとし》める。恥ずかしいとは思わないのか。一作も書き上げていないお前よりも、たとえ未熟ながらも最後まで書き上げようとしている後輩たちのほうが、よほど立派じゃないか」

御大は立ち上がった。反論をするかと思われたが、僕らに背を向けて大広間を出ていってしまった。

◇

夕食の時間になり、原田さんの車に乗り込んだ。事前に七瀬先輩が予約していた店で、ほうとう、と呼ばれる郷土料理を注文する。小麦粉を練って作られた麺《めん》が、ごろごろざっくりとした形状で味噌《みそ》煮込みになっていた。具材のカボチャが汁に溶けて、なんとも言えないまろやかな味だ。

満腹の僕らが店を出ると、夕焼け空が広がっていた。帰りの車内から見える富士が、うっすらと桃色に染まってうつくしい。

北浜荘の部屋には、すでに布団がしかれていた。入浴の用意をして井上部長と鈴木先輩と三人で地階の男風呂に向かう。そのとき裏口扉のガラス越しに、浜辺を歩く御大の姿が見えた。

「少し湖をながめてきます」

僕はそのまま下駄をひっかけて外に出た。すでに日は沈み、河口湖は真っ黒だ。水が暗闇のなかでちゃぷちゃぷと音を立てる。水辺に沿って御大を追いかけたのは、その背中がどことなくさびしげで声をかけたくなったからだ。僕の接近に気付くと、御大はフンと鼻を鳴らした。

僕らは並んで、浜辺を散歩した。

「あの、予定表を返していただけませんか」

「なんのことだ？」

御大はしらばっくれた。河口湖大橋に並ぶ橙《だいだい》色の照明が湖面に映り込む。浜から湖に向かって吹く風が、昼間の暑さをどこかへすっかり持ち去っていた。ふと思い付いたように御大が言った。

「部誌の件だが、有料なのか？　それとも、無料なのか？」

「有料だったとしても、御大ならお金を払わずに一冊くらいもらえると思います」

「そんなことを心配しているのではない。さっきミーティングの記録を読んだときに考えたんだ。まともに俺の発言を聞くものはいなかったが……」

御大の話をまとめると、つまりこうだ。生徒会は文芸部存続のためにいくつかの条件を出した。そのなかに次のような項目がある。

一つ、その冊子に価値があること。

御大はそれにひっかかっている。果たしてだれが、どのような方法で冊子の価値を判断するというのだろう？　内容で価値を判断されるのであればまだいい。心ない者が掲載小説を読まず、外側の体裁だけで価値のあるなしを判断するかもしれない。あるいは実際の出版業界のように、売り上げや捌《さば》けた冊数で判断することもあり得る。その判定基準は不明瞭《めいりょう》だ。そのため、そのどれにも対処できるような部誌の制作を心がけるべきではないか。

「頭の固い生徒会のことだ、ホラーやＢＬやライトノベルもどきの寄せ集めを読んで、価値のある冊子だと判断すると思うか？　だからせめて、表紙だけでも体裁のいいものにしておいたほうがいい。手にしただけで、これは価値のあるものだと思わせてやるんだ。価値の判定基準が本の造りにあるのなら、有料にするのもいいだろう。本の造りに金をかけられて見栄えのいいものができる。しかし判定基準が冊子の捌けた冊数にあるのなら無料のほうがいいだろう。本を売るというのは、難しいものだからな。まあ実際はその中間でバランスを取っていくことになるのだろうが……」

「ちゃんとした意見があるじゃないですか！　どうしてあの場で言わなかったんですか？」

「言おうとしたが、途中でさえぎられたんだ。それに今の考えは、言ってみれば守りの姿勢だ。

生徒会の出方をうかがいながら、文芸部の存続のためだけに合格点を目指す作り方で、俺は好かん。だから言うべきかどうか迷っていたんだ。だけど、あの場で提案しなくてよかったと、今は思っている。なぜなら胸を張ってお前にこう言ってやれるからだ」

足を止めた御大が僕の目を見る。

「正真正銘、書いた小説の中身で勝負しろ。生徒会の連中が土下座して許しを請うくらいのものを書けよ」

「……はい。いや、でも……はい」

そんなものを書ける自信は、まるでなかった。

僕らはしばらく湖を見つめた。もうずいぶん歩いてきたため、河口湖大橋の角度がさっきとは変わっている。戻るぞ、と御大がつぶやき、北浜荘へとUターンする。お互いに無言のまま、小石の多い浜辺を踏む下駄の音だけを聞いた。この後、お風呂に入って、それからゲーム大会の予定だ。もしかして御大も参加する気だろうか。みんなのいやがる様子が目に浮かぶ。

北浜荘の近くで、御大が突然片腕を水平に上げて、僕の行く手をはばんだ。

「止まれ」

小さな声で言った御大が、視線を一点に集中させたまま身を低くして、建物の陰に隠れた。手招きされるまま、僕は御大の近くに寄る。

御大の視線の先には桟橋があった。ボートを漕いできた御大が上陸した桟橋だ。そこにだれかが腰かけている。人影はふたつあった。月夜だったのと、建物の明かりのおかげで、何とか正体がわかる。片方は原田さんだ。寄り添うように七瀬先輩が並んでいる。

「薄々気付いていたんだ。卒業しても高校に顔を出し、何かと世話をやいているのは、このためだってことに」

「え、何がですか？」

御大に合わせて、僕も小さな声を出した。

「親切ぶってるやつにはな、それ相応の目的があるってことだ。見ていればわかる」

桟橋に座った二人を、御大は息を殺してにらみつける。二人は湖を見ながら、何かを話しているようだ。声は聞こえないけれど、きっと七瀬先輩は、部誌のことや、書かなければならなくなった詩や短歌のことについて相談しているのだろう。二人の先には、対岸の明かりがあった。黒々とした闇しか見えないけれど、その向こうには富士山が聳えているはずだ。ちゃぷ、ちゃぷ、と水の音が聞こえる。

七瀬先輩はうつむいていた。僕は駅のベンチで七瀬先輩と一緒にすごしたときのことを思い出す。あのとき、うつむいた先輩の、黒くて縁のくっきりした瞳《ひとみ》に影が落ちた。あの日、僕は七瀬先輩のことが好きだと自覚した。出会ったころは、自分の都合だけで、人の気持ちに土足で踏み込んでくる人だと思っていた。だけど先輩は、僕の小説が読みたい、と言ってくれた。まだ、書きたいという気持ちは残ってる？　七瀬先輩の言葉は、今も僕のなかに息づいている。

「始まった」

ささやくような御大の声が、耳の近くで聞こえた。ぼんやりした意識のなか、目の前の光景に焦点が合っていく。

原田さんの腕が、七瀬先輩の肩に伸びていた。その腕に身を委《ゆだ》ねるように、七瀬先輩の首がゆるやかにかたむく。僕は息を呑み、その光景を凝視する。

二人は体を寄せ合ったまま動かなかった。夜の風はやみ、湖は凪《な》いでゆく。水の音が、暗闇に紛れるように消えた。七瀬先輩が顔を上げ、二人の唇がゆっくりとふれた。顔を離した二人を月が照らす。

僕は二人に背中を向けた。

「光太郎」

御大の声が背中から聞こえた。二人にも御大にも世界にも背を向けて、僕は砂浜を逃げるように歩き出した。


足下の感覚がなかった。自分はさっき、一体何を見たのだろう。ぼんやりとした光に向かって、僕はふらふらと歩く。誘蛾灯に惹《ひ》かれる蛾のような気分で。

気付いたとき、北浜荘の表玄関に立っていた。古いガラス戸を開ける。ぜんまい人形のような動きで、履いてきた下駄を脱ぎ、スリッパに履き替える。文芸部員たちの騒ぐ声が、どこからか聞こえてくる。大広間の襖が開いていた。

「高橋くん、こっちこっち！」

招かれるまま、大広間に入った。井上部長と水島副部長と中野先輩と鈴木先輩がいる。

「ねこチョコ《cat&chocolate》やろう。簡単なゲームだからルールはすぐにわかるよ」

「ござるな。どんなバカな物語でも、とにかく作ればいいっていうゲームだ」

僕は車座にひっぱり込まれた。夜になったらキャット&チョコレートというゲームをしよう、と言われていたことを、ぼんやりと思い出す。やがて目の前に三枚のアイテムカードとやらが配られた。

「高橋くん、聞いてる？　いいかい？　そのアイテムカードを使って、危機を回避し、古い館から脱出するのがこのゲームの目的なんだ。僕から行くよ。よく見てて。自分の手番になったら、まずは危機カードを一枚、開示する」

場にふせて置かれたカードの山が、危機カードと呼ばれるものらしい。井上部長は一番上の一枚をめくって山の横に置いた。そこに書いてある危機の内容を、井上部長が多少のアレンジを加えて読み上げる。

「僕は玄関ホールに向かった。するとどこからともなく轟音《ごうおん》のような笑い声が響き渡ったんだ。頭が割れるように痛い。なんとかこの頭痛から逃れなくてはならない。この危機を、どうやら、アイテム二つで回避しなければならないみたいだ。さて、どうしよう」

危機カードには、表面に危機の内容が、裏面に数字が印刷されている。カードの山から一枚を開いたとき、その下に現れた数字が、使えるアイテムの数になるようだ。

井上部長はしばらく考え込んで、持っていたアイテムカードの一枚を開示した。〝ガム〟と書かれたカードだ。

「僕の回答はこうだ。ガムでも嚙んで頭痛のことを忘れよう。効果はてきめんだった。それは世界一まずいガムだったから、頭痛なんて吹き飛ぶくらいの衝撃だったんだ」

さらにもう一枚、アイテムカードを開示した。〝鳥かご〟のカードだ。

「ただ、あんまり衝撃的なまずさだったから、鳥かごの鳥を見つめて、心をなごませた。こうして僕は危機を脱したんだ。さあ、判定してくれ」

「頭痛が消えるほどの、まずいガムなんてあるかな」

「あるんだよ、みんなも嚙んだらわかるよ」

ガムを嚙んで頭痛を忘れ、鳥を見つめてなごみ、危機を脱する。井上部長の回答に対し、他のメンバー全員で話し合って可否を決める。部長の話は、多数決で可となった。

「じゃあ一ポイント獲得だな。次は高橋くんだ。やってみればわかるよ。まずは危機カードを引いてみて」

促されるまま、危機カードを開示した。それによると、僕は今、古い洋館の踊り場にいるらしい。理不尽なことに、頭上から巨大なシャンデリアが落ちてきた。このままだと僕は死ぬ。

カードの山の一番上の数字は3だ。手持ちの三枚のアイテムカードすべてを使用して、危機から逃れるストーリーを作らなくてはいけない。僕が所持しているアイテムカードは〝傘〟と〝ジーンズ〟と〝硬貨〟だ。

僕の頭上に巨大なシャンデリアが落ちようとしている。〝傘〟と〝ジーンズ〟と〝硬貨〟で切り抜けるにはどうすればいい？

「強引でもいいよ。どんな物語でもいい。世間の常識とかに、とらわれなくてもいいんだ。宇宙の法則だって無視していい。自由に話を作るんだ」

「みんなを説得できたら、高橋くんにポイントが付くから」

何も浮かばなかった。シャンデリアに押しつぶされ、床で血まみれになった自分の姿なら、リアルに想像できる。不幸で何の取り柄もない自分は、落下するシャンデリアを傘で避けようとしたけど、全然間に合わなくて、傘ごと押しつぶされるだろう。その右手には強く、硬貨とジーンズが握られているのかもしれない。それもいいなと思う。死ぬのも悪くない。

「ゆっくり考えなよ」

きっと先輩たちは小説を書けない僕のために、こんな物語創りをからめたゲームを用意してくれたのだろう。だけど物語なんて創れないし、みんなの期待には応《こた》えられそうにない。僕は小説が書けない。僕は永遠にこの古い洋館から出ることができない。

「難しく考えなくていいから」

僕は母の浮気の末に生まれた。尊敬していた父とは血のつながりがなかった。家には居場所がなくて、学校には友だちがおらず、初めて好きになった女の子は僕よりずっと年上の人とキスをしていた。

「高橋くん？」

「ねえ、どうしたの？　大丈夫？」

「高橋くん」

うつむいてしまった僕の背に、中野先輩が手を置いてくれていた。気付けば目の前の光景が滲《にじ》んで、ぐにゃぐにゃにゆがんでいる。

〝傘〟のカードの上に一粒、涙が落ちた。降りはじめた雨のように。

不幸だ。世界で何人くらいの男が、自分の好きな人のキスシーンを目撃するのだろう。さっき見た光景が脳裏に甦《よみがえ》る。今さらながらショックの波が押し寄せた。きっともう忘れられない。傘

僕はあの光景を、一生覚えているだろう。シャンデリアに押しつぶされてしまいたかった。傘を片手に、硬貨とジーンズを握りしめ、頭も、胸も、つぶされてしまいたい。そのとき、声がした。

「おい、光太郎！」

大広間の入り口に御大が立っていた。

「風呂に入るぞ。お前も一緒にこい」

着替えの用意もないまま、引きずられるように男風呂へと連れていかれた。

あふれたお湯が浴場に広がり、もうもうと湯気を立てる。御大はタオルを頭に載せ、両腕を浴槽のふちにかけて、豪快に寝そべるような格好になった。

「お前、七瀬のことが好きだったのか？」

僕は隅っこのほうで体を丸めた。体育座りをしながらうつむいてお湯につかる。

「どこにほれた？　顔か？　性格か？」

「……わかりません。気付いたときには……、もう」

「理由もなくだれかを好きになることはあるだろう。だが、お前の場合は想像がつく」

御大を見るとにやにやしていた。この人は確実におもしろがっている。

「はっきり言ってやろう。光太郎、お前が七瀬にほれたのは、単にあいつが身近にいたからだ。女っ気のない人生を送っていたお前は、それだけですっかり舞い上がってしまった。だから、どこにほれたのかもわからない。どうだ、図星だろ？」

僕は思わず立ち上がった。

「勝手なことを言わないでください！　人の気も知らないで！」

ざばあ、とお湯のあふれる音がした。御大も立ち上がり、僕たちは全裸で向かい合う。

「七瀬はお前のことをいつも気にかけていた。だがそれは文芸部存続のためだ。お前はそれを、七瀬のやさしさだと思い込んだんじゃないか？　だがな、七瀬は、お前という存在を通して、原田の野郎と関わりたかっただけなんだろうよ」

思い当たることがありすぎて、何も言い返せなかった。七瀬先輩は僕の歓迎会をするから、と、原田さんを学校に呼んだ。その後にも、僕を連れて、原田さんに小説のことを聞きにいった。

御大は頭に載せていたタオルをつかむと、ぴしっ、と音を立てて肩にひっかけた。その動作に何の意味があるのかはわからない。

「お前のなかにある七瀬への恋心が、どれほどのものかは知らない。だが七瀬はお前のことなど眼中にないだろう。なぜなら、お前は七瀬のために何もしていないからだ。七瀬はお前にたくさんのものを与えたが、お前はあいつに何も与えてはいない。恋愛感情など語られても迷惑だろうよ」

僕は湯船に沈んだ。言われてみれば、確かにその通りだ。僕は自分の恋愛感情に対し一切の努力をしてこなかった。いや、でも、それは自分の感情に気付いたのが遅かっただけで、もっと早くに気付いていれば行動ができていたはずだ。いや、本当だろうか。僕は七瀬先輩が自分のことを好きになりますように、と祈っていただけではないだろうか。自分に才能がありますように、と祈るだけで何も努力しない人とおなじではないか。だがどっちにしても、相手は原田さんだ。経済力も将来性も遠くおよばない。七瀬先輩を振り返らせることなんて、そもそも、できやしない。自分のような人間がだれかのことを好きになるなんて、身の程知らずだったのではないか。

「いい方法を教えてやろう」

御大はタオルをヌンチャクのように振り回し、ブルース・リーのようなポーズを決めた。

「あきらめることだ。失恋のエネルギーを原稿にぶつけろ。悔しさも、悲しさも、すべて小説が受け止めてくれる」

「……じゃあ、教えてくださいよ。その書き方を」

「考えるな。感じろ」

ブルース・リーみたいなことを小声で言った御大だが、全然、格好よくなかった。結局、書き方を教えてはくれないのだ、この人は。

目をそらした御大は、静かに湯船へつかった。しばらく無言でいるうちに、全身が温まってくる。泣きそうな気分も、しだいに薄れていく。

天井から落ちてくる滴を見ながら、ふと御大が口を開いた。

「シャンデリアの落下は、理不尽で唐突な不幸を象徴していたのかもな」

何の話かと思ったが、さっきのカードゲームの件だった。

「こっそり見ていたんですね、僕の滑稽《こっけい》で無様な姿を……」

「まあ聞けよ。俺たちは生きているかぎり、理不尽で唐突な不幸ってやつに翻弄《ほんろう》される。その度に危機を回避し、生き抜かなくてはならない。自分の手元に、傘とジーンズと硬貨しかなくとも、それらを使って不幸に立ち向かい、勝利しなくちゃならないんだ。物語を創るというのは、生きるための道を自ら発見するということだろ？　お前は、自分がどうやって生きるのかを、他人に教えてもらうのか？」

つまり御大は、小説の書き方は自分で見つけろ、と言いたいのだろう。

「それなら参考に教えてください。御大だったら、傘とジーンズと硬貨を使って、どうやってシャンデリアの落下から身を守りますか？」

御大は急にまじめな表情になった。

「ジーンズは穿《は》いた状態なのか？　手に持った状態なのか？」

「どちらでもいいと思います」

「傘は雨をよける道具だな。頑丈であればシャンデリアを受け止めることもできるだろう。しかしその方法では、ジーンズと硬貨の出番がなくなってしまう。ジーンズといえば、歴史的な観点から論じるなら、反逆者や労働者のシンボルだ。それから頑丈なイメージもある。最後に硬貨だ。例えばこれが世界に一枚きりしかない貴重な金貨であれば、巨万の富を使って軍隊を動かし、シャンデリアを撃ち落とすことも可能だ。だが、それではつまらないな」

「おもしろいと思いますよ。魅力的な発想です」

「いや、だめだ。物語には祈りが込められていたほうがいい。祈りとは、人間が自らの無力さを知り、神に己の存在を問いかけることだ。神と人の関係は、父と子の関係の相似形であり、母と子の関係の相似形である。すべての芸術の根幹にはそれがあるんだ」

「ただのカードゲームなのに……」

御大はこれを遊びではなく、真剣な創作としてとらえているようだった。少しの間、目を閉じてぶつぶつと何かをつぶやきながら思索を続けていたが、やがて人差し指を立てて回答を口にする。

「ジーンズのベルトを通すところに、傘の取っ手をひっかけておくんだ。そして硬貨を賽銭箱《さいせん》に入れて祈る」

「賽銭箱？」

「たまたま近くにあったんだ。硬貨とは所有する富の象徴だ。それを失うことによって祈りは神に届く。物語の登場人物は、何かを失うことによって、何かを得るものだ。俺は硬貨をささげて祈る。吹けよ風、呼べよ嵐を、と。するとどこからともなく風が吹くだろう。広げた傘がそいつを受け止めて、ジーンズの頑丈なデニム生地をひっぱる。シャンデリアが落下して盛大な破壊音をぶちまけているとき、俺はもうその場にいない。なぜなら俺は、傘にジーンズを吊《つ》られるようにしながら、風に乗ってふわふわと空の上にいるからだ。不幸に満ちた地上の世界を離れ、俺はそのまま天上へとのぼっていく。そしてお前たちは、俺のことをいつまでも語り継ぐだろう」

「その前にですね、洋館から脱出するという設定が、このゲームにはあってですね……」

最後のほうは聞き流したけれど、御大の回答を僕は楽しんでいた。洋館に賽銭箱というのは不思議議だし、人間の祈りを神様がいつもかなえてくれるかどうかは疑問だけれど、アイテムそれぞれの個性が調和を生み、ユーモラスなビジョンへとつながっている。しかし御大は頭をかきむしり首を横に振った。

「だめだ。重大な欠陥を見落としていた。なぜなら、賽銭というのは、祈願成就のお礼として奉納するものだ。賽銭を投げ入れてからお願いするというのは、本来、間違いなのだ。したがってこの回答は未熟である」

「そんなことにこだわらなくても……」

「いいや、だめだ。これは駄作だ」

御大はちょっとした疵《きず》でも気になるようだ。執筆途中の小説も、このようにささいな欠点を見つけては駄作と決めつけて投げ出してきたにちがいない。シャンデリアの落下から生きのびるための、他の方法を御大は考えはじめる。しかし十分たっても、二十分たっても、代わりの回答は出てこなかった。結果、僕たちはのぼせてしまい、そのまま布団に直行することになる。

◇

合宿二日目は天下茶屋という場所へ行くことになっていた。朝食後、原田さんの車に乗り込み出発する。七人乗りなので御大には声をかけない。車内では昨日とおなじく七瀬先輩が助手席に座り、地図を開いて原田さんに道案内をした。仲むつまじく話している二人の姿を、僕は後方の席からひそかに見つめる。

御坂峠《みさかとうげ》の曲がりくねった道を車がのぼっていった。標高が高くなると、木々の間から河口湖と周辺の家々を見下ろせた。湖越しの富士山を撮影するため、三脚を立てた写真の愛好家が何人も道路沿いに並んでいる。

「近い、近いぞ……」

鈴木先輩が固く目を閉じ、うつむいた。ほどなくして前方に、暗闇を充満させたトンネルの入り口が現れる。鈴木先輩によると幽霊が出るという噂の旧御坂トンネルだ。しかし車は減速し、トンネルの手前にある駐車場へと入った。

駐車場から道をはさんだ山側に、〝天下茶屋〟の看板を掲げた古い木造の茶屋があった。太宰治が小説『富嶽百景』の舞台にした場所だ。

「おお！」

「きれいですね！」

車を降りたみんなが、口々に歓声を上げて雄大な景色をながめた。富士山が空に映えている。山頂に雲がかかっており、富士山が帽子を被《かぶ》っているみたいだけど、それはそれで風情がある。

北浜荘の大広間からさんざん見た富士山だったが、ここから見る光景は一味ちがった。だけどこのすばらしい景色も、僕の悩みを吹き飛ばしてはくれない。ついつい視界の端で七瀬先輩と原田さんの姿を探してしまう。注意深く観察すると、ときどき、二人が視線を交錯させているときがあり、昨晩の光景が夢ではなかったのだと思い知らされる。

僕にはわかっていた。自分がこれからすべきことを。わき上がるいろんな感情に蓋《ふた》をし、あるべき場所に自分を導いていく。あきらめるのだ。僕はずっとこうやって生きてきた。怒りや嫉妬《しっと》よりも、無力で情けない自分を理解して受け入れる気持ちのほうが強い。自尊心を護《まも》るために、今まで何重もの殻を作ってきた。期待することを止めれば傷つかない。

「天下茶屋に入ろうか」

原田さんの声が聞こえてきた。そちらを見ると七瀬先輩と目が合いそうになって、慌てて茶屋のほうを振り返る。一番後ろにいた僕は先頭になってしまったが、すぐにみんなが追い抜いていく。

富士には月見草がよく似合ふ

太宰の言葉が天下茶屋の前で石碑となっていた。店内にはみやげものが並ぶ。三和土《たたき》を上がったところに座敷があり、そこで団子やお茶を注文できる。

「あとでお茶をおごるよ。その前に、二階を見てこよう」

原田さんがしゃべるたびに、心がざわつき、自分が小さい人間であることを思い知る。もっとあきらめなければならない。もっと深く、深くあきらめなければ。

二階は太宰治文学記念室になっていた。太宰治の滞在した部屋が復元されている。床柱は当時とおなじものらしい。実際に使われた机や火鉢なども ある。井上部長が太宰とおなじポーズを取ってふざけ、あははは、とみんなが笑う。

『富嶽百景』『斜陽』『人間失格』などの初版本や、パネル展示を順にながめた。七瀬先輩が質問して、原田さんが解説する。見ないように、聞かないように、僕はパネルの内容に集中する。

昭和十三年九月、井伏鱒二《いぶせますじ》に連れられ、太宰はここにやってきた。それからおよそ三ヶ月間逗留し、そのときのことを小説『富嶽百景』に残した。天下茶屋での日々は、太宰にとって大きな転機になったらしい。離婚をして不規則な生活を送っていた太宰だが、見合いをし、再び結婚を決意する。作家としての意欲に燃えた時期を、太宰はここで過ごした。

「ねえねえ、サザエさんも来たらしいよ」

サザエさんが天下茶屋を訪れたアニメの一シーンが額縁に収められて飾ってあった。一階に戻り座敷に上がった僕らは、それぞれ甘酒やお茶やお茶請けを注文する。

「こら、鈴木、いも団子もちゃんと食べなさい」

井上部長が波平さんのマネをして、みんなは笑った。あまり笑う気になれない僕は、座敷に置かれた旅ノートをながめる。そこには観光客が旅の記念に、メッセージやイラストを自由に書き残している。

「ねえ、高橋くん」

机の向こうから七瀬先輩に声をかけられた。

「ノートに何か残していこうよ、私の言う通りに書いて」

先輩の口から出た言葉を、僕はうつむいたまま聞いた。ノートに付いていたサインペンで、一字ずつ記入していく。


文芸部のみんなでやってきました。

とっても楽しい旅になりました。

ステキな部誌ができますように。


「全員の名前も書いておこう」

言われるままに、まずは僕が〝高橋光太郎〟とサインする。次は僕だ、と横から井上部長にノートを奪われた。順番にみんなが旅ノートに名前を書いた。

お茶を飲み終えると、写真を撮らなきゃね、という話になった。部誌の表紙のこともあるし、合宿中にたくさん写真を撮ったほうがいい。トイレを済ませて外に出た。

「あ！　雲が消えそう」

「ホントだ！」

富士山頂にかかっていた雲が薄れている。部員たちは展望台のほうに駆け出した。ついていこうとしたとき、鈴木先輩に服の裾《すそ》を強い力でひっぱられた。

「高橋くん、待って。後ろ。後ろは、大丈夫かい？」

顔を伏せた鈴木先輩は、がたがたと震えながら富士山とは反対側を指さした。そちらには、ぽっかりとトンネルの入り口が開いている。幽霊が出るという噂の旧御坂トンネルだ。

「安心してください、何もありませんよ。あ」

「うひゃあわあ！」

あ、と言っただけなのに、鈴木先輩はたいそうな驚き具合だった。

「どど、どうしたんだい、高橋くん。何か見えたのかい？　三角帽子をかぶって裸足《はだし》で疾走する僧侶《そうりょ》の幽霊がいたのかい？」

「そんなわけないじゃないですか先輩。僕はただ、このトンネル随分古いんだなあと思って。天下第一、って書いてあるんですけど、右から左に書いてあるから。あ」

「おあひゃああ！」

また先輩を驚かせてしまったようだ。

「たた高橋くん。見えたのかい？　やっぱり見つめているのかい？　巨大鎌《がま》を持って背中を丸めた巡査の幽霊が、トンネルの奥からじっとこちらを見つめているのかい？」

「ちがいます。何も見えません。それより先輩、苦しいです、離れてください。ほら、中野先輩がこっちを見てますよ、意味ありげな顔で。あ」

「ああっひゃあおあ！」

古いトンネルは確かに不気味だった。昼間なのにアーチ型の入り口からうかがえるのは巨大な暗闇だけだ。トンネル内には明かりがなく、ここに入っていく車も、出てくる車も、一台もない。でも今、何か音が聞こえた気がした。

青ざめる鈴木先輩を傍らに、耳をすました。何か連続する音のようなものが聞こえた気がしたけれど、単なる風の音かもしれない。闇の中に目を凝らす。実はさっきまでちょっと、わざと、あ、と言っていたけど、そろそろおしまいにしよう。トンネルの闇の先に、一つの光が見えたのだ。遠くまたたく星のように、弱い光が頼りなく揺れる。

「あれは何かな？　車じゃない。自転車か……バイクかな」

「たたかたっ高橋くん！　逃げにょ！」

僕をつかむ鈴木先輩の力が、尋常じゃなかった。だけど僕はその光から目を離せない。ごう、ごごう、と音が聞こえる。

「あ」

「もうだめだ！」

鈴木先輩が、僕の足下にしゃがみ込んだ。だけど暗闇から出てきたその物体は、単なる原付きバイクだった。ぽんぽんぽんぽんぽん、と音を立てながら、バイクは僕らの前に停まる。トンネル内の反響のせいで、不気味な音に聞こえていただけらしい。

「よう、偶然だな。太宰の魂に惹かれて、こんなところまで来てしまったぞ」

ジェットヘルメットのシールドを上げながら、御大がにやりと笑った。

「やつはここで一体、何を感じたんだろうな」

爽やかな笑顔を見せる御大は、太宰を〝やつ〟呼ばわりした。

駐車場に日陰はなかったので、八月の日差しを受けた車内は地獄のような暑さになっていた。

「みんな、乗ったか？」

原田さんがエンジンをかけると、エアコンの吹き出し口から冷気が出てくる。僕たちは素早く出発することにした。御大が天下茶屋でみそ田楽を食べている隙に。

車が発進して、濃い緑色の自然が車窓をながれた。夏の木漏れ日がふりそそいで路面にまだら模様を描いている。しばらくして視線を感じた。僕の座っている最後列の座席からは、リアウィンドウ越しに後方を見ることができる。見覚えのある姿が追いかけてくる。

「ついてきた……」

原付きバイクにまたがった御大だ。ちなみにあのバイクは御大のものではなく、バイト先の知り合いから借りたものらしい。あんな小さな乗り物で、高速道路も使わず河口湖までやってきた根性がすごい。

ミラー越しに御大の接近をチェックした原田さんが、無言でスピードを上げた。御大は走行しながらジェットヘルのシールドを上げて抗議するように何かをさけぶ。しかし声は車内まで届かない。

僕らは河口湖周辺を観光した。ブリキのおもちゃが展示されている博物館や、宝石の博物館、富士博物館などを巡り、その合間に昼食も取った。コテージ風の外観を持つハンバーガー店で手作りハンバーガーにかぶりつく。こんがりと焼けたパティから肉汁があふれてきておいしかった。空には入道雲が浮かび、森林から蟬の声がじりじりと聞こえてくる。女性陣は日焼け止めを腕に塗っていた。特に中野先輩は、外を歩くとき、かならず日傘をさして万全の対策をとっている。中野先輩は昨晩のカードゲームの際に僕が泣いてしまったことを気にかけてくれた。

「回答が思いつかなくて泣いちゃったの？」

駐車場の車に向かって歩きながら、中野先輩がやさしい声で言った。

「すいません。なんだか、混乱してしまって」

「本当にそれだけ？」

日傘の下から僕の顔を見上げる。

「高橋くん、ずいぶんせつなそうな顔をしてた。私、男の子のそういう表情って大好きなんだよね」

「……そうなんですか」

「高橋くんって不思議。だれとでもペアになる。もし書くとしたら悩んじゃう」

何も聞かなかったことにして、僕は車に乗り込んだ。

観光にはいつのまにか御大も同行している。しかし、それをとやかく言う者はすでにいない。

運転手の原田さんも、次の行き先を告げるようになった。

「ここを出たら妙法寺《みょうほうじ》に向かうぞ」

「偶然だな。俺もそこへ行こうと思っていた」

妙法寺境内にある三十番神堂を全員でながめた。御大は腕組みをして細部の彫刻に見入りながら「いい仕事をしやがる」などと上から目線で論じる。その隙に部員たちは少し離れた位置に集まって記念撮影をする。

北浜荘に戻る前に、早めの夕飯を取った。休憩をはさんで午後六時、僕らは大広間に集まった。水島副部長はノートパソコンを起動させ、七瀬先輩がお茶をいれる。

「河口湖合宿、第二回ミーティングを始めます」

井上部長が全員の顔をながめながら言った。

第二回ミーティングの議題は、部誌に掲載する小説の内容に関してだ。各自どんなジャンルの物語を寄稿する予定なのか、詳細に発表がなされる。プロットはまだこれからという人もいたけれど、ほとんどの部員は、頭の中にぼんやりと書きたいもののイメージがあるようだ。三年生は受験をひかえているため、今回の作品が文芸部における最後の創作活動になる。

「さて、高橋くんは、どうしよう」

井上部長が問いかけ、全員の視線が僕に集まった。文芸部最大の懸案事項に、大広間はしばらく沈黙に包まれる。

「ちなみに今、高橋くんの手元には、どんな原稿があるの？」

「二年前に書いた長編小説の冒頭部分だけです」

「生徒会の出した条件のひとつに、本年度中に書かれたものでなければならないとあったな。書きかけの長編を完成させれば、本年度中に書かれたものだと言い換えることはできるかもしれない。でも、最後まで書けたところで、部誌に全文を掲載するわけにはいかないだろうし」

そのとき、どこからともなく声が聞こえてくる。

「そもそもこいつが今月末の締め切りまでに長編を書き終えることなど、できるわけがない。二年前に執筆を中断したまま前進できない臆病者《おくびょう》なんだからな」

御大が大広間の隅であぐらをかいていた。原田さんがそちらをひとにらみする。

「お前が人のことを言える立場か」

井上部長が僕に提案した。

「締め切りまでに時間はある。四百字詰め原稿用紙で三十枚、いや、二十枚くらいだったら書けるんじゃないかな。一日に原稿用紙一枚だけ、日記を書くように身辺雑記を書いて、私小説だと言い張ってみてはどうだろう」

返事ができなかった。日記といっても、きっと僕の夏休みの日常には、何も起こらない。そんなものを部誌に載せてもいいのだろうか。七瀬先輩が顔を上げて、井上部長に言った。

「長編小説の冒頭部分だけではだめですか？　キャラクターや演出にアレンジをくわえて、あらたに書き下ろせば、本年度に書かれたものとは言えませんか？　最後が唐突に終わってしまいますけど」

「打ち切り漫画のように？」

「まあ、そうですね」

「ひと工夫できないかな。その冒頭部分にアイデアをつけ足して、短編小説のようにできないだろうか。物語としてのまとまりを作って、最後が唐突にならないように。そこまでやれば、胸を張って新作書き下ろしと言えるだろう」

反応をうかがうように、二人が僕を見た。

できるのだろうか、そんなこと。手元の原稿には、ファンタジー小説の目玉であるバトルシーンもなければ、魔法やモンスターも登場しない。主人公の少年が家族にわかれを告げて村から出発するという、ただそれだけの場面を短編小説に作り替えるなんて……。でも、今さらあたらしく別の物語を構想するなんてことも、できそうにない。

「何かしらの工夫は必要だけど、やれると思うよ」

「そうだね、僕もできると思う」

「ござるな。もし途中で止まってしまったりしたら、何でも相談に乗るし」

文芸部の先輩たちが、真剣な表情で口々に言った。みんなの言葉を信じることにした。

「わかりました」

僕の為すべきことが決定した。

ミーティングは終わり、やがて合宿二日目の夜が賑《にぎ》やかに更けていった。

◇

翌日、僕たちは河口湖を後にした。

高速道路を降りて、見慣れた街並みを通った。高校の駐車場まで辿り着いて、原田さんのエルグランドから荷物を下ろす。別れる直前、原田さんは僕に執筆のアドバイスをしてくれた。

「他に書きたいものが頭に浮かんだら、そちらを優先したほうがいい。そのほうが筆も進むだろうし。その時々で興味のあることを書くのが一番なんだ。書くことで、自分自身と、その対象との距離が明確になる。そういうテーマを見つけたら手放さないほうがいい」

去っていくエルグランドを見送って、僕らは実習室Bに向かった。合宿のために運び出した他校の部誌や、文具や、ノートパソコンを元の場所に戻す。報告書を職員室に届けて、二泊三日の夏合宿はついに終了となる。

お疲れさま、とみんなでねぎらい合いながら昇降口へと向かった。六人の足取りがゆっくりだったのは、口には出さないものの、みんな名残惜しかったからだろう。先輩たちは下駄箱の前で自分の靴を取り出す。

「どうしたの？　帰らないの？」

突っ立ったままの僕を見て、七瀬先輩が聞いた。

「僕は少し残ります。小説を見直したいから」

「私も付き合おうか？」

「いえ、一人でやりたいです」

まだ七瀬先輩の目をまともに見られなかった。

「そっか。頑張ってね、応援してる」

僕の肩をたたく七瀬先輩の髪は、出会ったころよりも伸びていた。

先輩たちを見送り、僕は静かな校舎内を歩く。小説を見直したいというのは嘘で、僕はただ一人になりたかっただけだ。ずっと文芸部のみんなと一緒にいたから、まだ全然、あのことが消化できていない。孤独を感じるだけの家にも帰りたくない。

風にでも当たろう、と、知識の橋を渡ってリバービューラウンジの円形テーブルに座った。運河をぼんやり眺めながら気付く。よく考えたらここは室内なので、風になんて当たれないじゃないか。

まったく不幸だった。もしも僕が野球を観に行ったなら、おなじ選手のファウルボールが僕に二度当たるだろう。もしも僕が野球をやったなら、被死球の世界記録を作ってしまうだろう。

母の浮気の末に生まれた呪われた子は、本当の父親がどこにいるのかさえ知らなかった。さえない風貌《ふうぼう》も、不幸力も、存在感がないのも、モテないのも、小説が書けないのも、御大にからまれるのも、風に当たれないのも、すべてはその父親のせいにちがいない。七瀬先輩が原田さんとキスをしていたのも、きっと。

すべての感情を消してしまいたかった。なのにどうして七瀬先輩は、頑張ってね、なんて言うのだろう。応援してる、なんて言わないでほしい。僕に近付いて笑顔を見せないでほしい。

以前、キャラクターについて考えたほうがいい、と七瀬先輩に言われた。登場シーンはまだ書いてないけれど、ヒロインのイメージを作り込んだ。背はあまり高くなくて、黒くて意志の強い目をしていて、ショートカットで……、それはまるで七瀬先輩にそっくりだった。先輩の髪はもっと長いから、そこだけはちがったけれど、僕は以前から先輩にはショートカットが似合うんじゃないかなと思っていた。

わきあがる七瀬先輩のイメージを振り払いながら嘆息をくり返し、その場所で何時間かを過ごした。空はすっかりあかね色に染まっている。ラウンジの窓から見渡せる運河に、夕日が反射して美しい。遠くから足音が近付いてきた。先生が来たのかもしれないと思ったが、ちがった。

「よう、偶然だな」

僕は一旦その人を見て、それからもう一度振り向いた。二度見ても変わらない。

「偶然ですね。今度は本当に」

ごつり、と音を立てながらテーブルにヘルメットを置き、御大は僕の前に腰を下ろした。

「河口湖から原付きだからな、さすがに疲れたぞ」

「どうしてここに？　文芸部のだれかがいるって思ったんですか？」

「そんなんじゃねえよ」

御大は夕日を見つめ、独りごとみたいにつぶやいた。

「ときどきここに来るんだ。自分の原点を忘れそうになったときにな」

「原点、ですか」

高校時代の彼は、毎放課後、ここで白い手袋をはめて、原稿用紙にかりかりと執筆していた。ほの暗さと熱気と迫力を同居させながら、彼はどこかに辿《たど》り着こうとしていた。そのころの情熱が、御大の原点だというのか。

「お前、あれを見ろ」

御大が夕日を指さした。

「赤き光が地に沈み、夜の帳《とばり》が翼を広げてるぞ」

「え？」

「え、じゃねえよ。よく見てみろ。赤き光が地に沈み夜の帳が翼を広げ、世界は暗い闇の懐の奥深くへと覆い隠されようとしているだろう」

にやり、と御大が笑った。

「何ヶ月か前に、俺が自分の原点を忘れそうになったときのことだ。部室に行ったら、印刷されたお前の原稿を見つけた。七瀬の筆跡で大量の修正が書き込まれていたぞ」

御大は夕日から目を離し、目のあたりをこすった。

「本気でどうしようもない出来だったな。だが、お前もいつか、傑作を書けばいい」

「無理ですよ」

そんなのは夢のような話だ。そしてそれは御大だっておなじことだ。

「僕は小説が書けないんです」

「あ？　この期《ご》に及んで、書かないでどうするんだ」

「生徒会の人に謝りにいきます。僕の小説が完成しなくても、文芸部を残してくれって、お願いしにいきます」

「何言ってんだ、お前。そんなことにお前の根性を使ってどうする。いいか、俺たちはどんなことがあっても書くしかねえ。言い訳なんてできねえぞ。小説が全てだ。俺たちは書くしかねえんだ」

「俺たちって言いますけど、御大だって、全然書いてないじゃないですか」

「俺は書いてる。完成させてないだけだ」

「けど、聞きましたよ。御大のせいで部誌ができなかったそうじゃないですか。それでも責任を感じないんですか？」

「全く感じねえな。俺は部誌のために小説を書くわけじゃないし、原田のために書くわけでも、文芸部のために書くわけでもない。お前もおなじだ。文芸部の存続なんて、本当は関係ねえんだ」

「だったら御大は、何のために小説を書いているんですか？」

夕日を受けた御大の顔が、燃えるような色に染まっていた。目がぎらつくようにかがやいている。火炎でも吐くみたいに御大は言った。

「地上を俺の言葉で焼きつくすためだ。どうだ、そんなことができたら、おもしろいだろう。小説という方法でなら、それができるはずだ。だから将来は作家になると親父に宣言してやったんだ。お前には無理だろう、って親父は笑っていた。ためしに何か書いてみろ、と言いやがる。お前が作家になれるかどうか読んで判断してやる、だとよ」

「読ませたんですか？」

「いや。やつはその後、すぐにくたばりやがった。死んだんだ。自殺だ。肝硬変になって酒が禁止された翌日にな。息子よりも酒を愛した男だ。身勝手な男だと周りからは非難されていたが、俺は今でも尊敬している。有無を言わせず親父を納得させるような傑作を、俺はいつか書かなきゃならねえ」

「それ、本当の話なんですか？」

「どう思う？」

酒を禁止されて自殺だなんて、非現実的だった。事実かどうか疑わしい。だけど、御大の父親らしいな、とも思う。

「これ以上飲んだら死ぬ、と言われた翌日に酩酊《めいてい》するほど飲んだんだ。あれは自殺だよ。俺にはわかる」

言葉を失う僕から顔をそむけるように、御大は夕日をにらみ続けた。

かつて御大は、この場所でかりかりと小説を書き続けていた。傑作にこだわるあまり、いつまでも完成しない小説。永遠に叶うことのない、父親との約束……。白い手袋にはもしかして、ロクデナシの父親を弔うような意味があったのだろうか。夕日は沈み、次第に世界が薄暗くなってくる。

「お前は七瀬のことが好きなんだろう？　その女が、お前の小説を読みたいと言ってる。不純な動機だが、お前にとっては、それで充分なんじゃねえか？」

「だけど、七瀬先輩は、原田さんと」

「関係ねえだろ⁉」

突然、大きな声を発し、御大が丸テーブルをどんとたたいた。僕は驚いて口をつぐむ。お互いにだまり込んでいるうちに、あたりはどんどん暗くなっていく。緊張をはらんだまま、暗くて表情のわからない御大に向かって僕は話しかける。

「昔は書けたんです。あのころ、何も知らなかったから」

僕はゆっくりと、自分の出生の秘密を御大に話した。それを口にしてよいものかどうか迷ったけれど、何故だか言うべきだと感じていた。父親の顔を知らず、家族との断絶を感じ、物語が途切れてしまった経緯を、順に説明する。真剣に聞いているのかいないのか、御大は相づちさえ打たなかった。

ふふ、ふふふふ、と、やがて御大の笑い声が響いた。

「お前、そんな隠し球を持っていやがったのか。マジで羨《うらや》ましいぞ」

「羨ましい？」

「ああ。そいつは作家として、とてつもなくおいしい設定だ。お前はやはり、俺が目をつけただけのことがある。いいか、欠けている者だけが何かを成し遂げられるんだ。特にお前のように、真の父親を知らない、などという欠落は、英雄と呼ばれる存在に必要不可欠な設定だ。語り継がれる物語の英雄たちは、孤児や片親ばかりなんだぜ。半分は人間、もう半分は人間以外の何か、そういうやつが世界を変革できるんだ。例えばイエス・キリストの父の姿が具体的に描写されたことはあるか？　マリアの夫であるナザレのヨセフのことじゃあないぞ。マリアを処女のまま妊娠させた存在のことだ。物語の中心にいられるのは、キリストやお前のように、自分がどこからやってきた存在なのかが不明瞭なやつなんだ。桃太郎だってそうだ。あのやろう、桃から生まれたんだ。腹立つぜ。伝説になる気まんまんじゃねえか。鬼を退治する英雄の出自が不明瞭なのにはわけがある。じいさんとばあさんの普通の子どもや孫なんかには、鬼を退治することなんてできねえんだ」

「あの、僕はキリストでも、桃太郎でもないですけど」

「まだわかんねえのか？　お前はサザエさんか？　あ？　カツオかお前は？　カツオってのは相当なリア充だぞ。お前はカツオじゃねえだろ？」

「ええ。カツオじゃないですけど」

「お前がカツオだったら、天下茶屋で団子を食って帰ってくるだけでいいだろう。だが欠落した者が天下茶屋に行ったなら太宰の魂を感じろ。欠落者の哀しみやガッツを感じろ」

御大は、どんどんとテーブルを連続してたたいた。

「お前には権利があると言ってるんだ！　世界を変革できる権利だ！　そのためにはもっと孤独になれ。女を求めろ！　好きになって、好きになって、好きになって、だけどこれっぽっちも届かずに、打ちのめされろ。どん底までたたき落とされろ。のたうち回れ！　いいか？　この期に及んで危機感の足りねえお前に、いいことを教えてやろう」

御大は不敵に微笑んだ。

「お前の好きな女は、自分の好きな男のためだけに、お前に近付いたんだ。その男に気に入られるために、お前にやさしい言葉をかけた。きっとそうにちがいない。そしてその男は、お前の好きな女を手に入れた。ちょい、とつまみぐいする感じにな。今ごろ二人はセックスしてるかもな」

「ど、どうしてそんなこと言うんですか！」

「そうだ、怒れ！　のたうち回れ。お前の求めていたものは、必ずお前の小説に表れる。いいか？　お前と太宰はだいぶちがう。だけどいいか、よく聞け」

御大は椅子をがたがた鳴らしながら立ち上がった。

「お前と太宰の間に、大差はねえんだぜ！」

御大の言うことはめちゃめちゃだったが、豪快な一撃だった。それは僕にとって、山崎富栄《やまざきとみえ》さんと一緒に玉川上水《たまがわじょうすい》にダイブするほどの衝撃だったかもしれない。

第四章　その夏の永遠

ともかく僕は書かなくてはならないのだ、小説を。

いや、書きたいのだ。文章によって綴《つづ》られた物語を。

アスファルトが熱せられて空気が揺らめいている。汗を流しながら駅まで歩いて、冷房の効きすぎた電車で今度は体を冷やした。

改札を抜けたところに、半袖《そで》の七瀬先輩が立って手を振っていた。胸にちくりと痛みが走る。合宿のときは心の整理が追いついてなかった。今は少しだけ大丈夫だ。失恋の傷口を、薄いかさぶたがおおっている。

「日焼けしましたね」

「高橋くんは白いね」

「ずっと家にひきこもってましたから」

並んで歩けばいいのか、後ろをついていくように歩けばいいのか、どれくらいの距離感を保てばいいのかわからないままファミレスへ着いた。以前、原田さんと三人で話をした店だ。壁際の席に着いて、ドリンクバーを注文する。

合宿の後、一週間くらい悶々《もんもん》としていた。今はお盆前で、両親と弟は車で父の実家へ墓参りに出かけ、僕は一人で家の留守番をしている。墓参りを辞退したのは文芸部の活動で余裕がなかったせいだったけど、行けなくてほっとした。父の実家に足を運べば、そこにいる親族や、仏間に並ぶ写真を見て、肩身が狭くなるだろう。遺伝子的に、僕と彼らは何の接点もない。

そろそろ小説をなんとかしなければ、と一人で残った家で作品のプロットを組み立てようとしていた。だけど長編小説の冒頭を短編作品に作り替えるなんてどうやればいいのかわからない。悩んでいると、七瀬先輩から電話が来て、急遽《きゅうきょ》、打ち合わせをすることになった。

「で、これをどうすれば短編になると思う？」

「ひとまず読み返しましょうか」

七瀬先輩がプリントアウトした原稿をファミレスのテーブルに広げる。僕が執筆した長編小説の冒頭部分だ。付箋《ふせん》がいくつもはられ、いくつかの文章が蛍光ペンでマークされている。

ドリンクバーのジュースを飲みながら、印刷された文字に目を通した。剣と魔法と魔物が登場するような、中世ヨーロッパ風の異世界冒険譚《たん》だ。中学生のとき、僕が好きだった世界観。

主人公の少年が住んでいる田舎の村は、魔物の被害にもあわないような平穏な地域だ。少年は十四歳のとき冒険へと旅立つ決心をする。死んだと聞かされている父親もまた冒険者であり、おなじ道を歩みたいと思ったのだ。ある日、母親や友人にわかれを告げて村を出る。街道で乗り合い馬車に乗り込んで街へと向かう。僕が書いたのはそこまでだ。

「この後はどうなる予定だったの？　全体のプロットは作ってみたんでしょう？」

「街に到着して、ちょっとした事件にまき込まれるんです。共に旅をする仲間とも出会います。いろいろあって、知らず知らずのうちに、魔王と人間の勢力争いに関わってしまうんです。驚いたことに、死んだはずの父親は生きています。そしてさらに驚いたことに、最後に主人公のおそるべき能力が解放されるんです」

「なるほど、まあ、ありがちなやつだ」

一言で片付けられてしまい、僕はショックを受ける。

「これでも一生懸命、考えたんですけど」

「お疲れさま。だけど今回は主人公が旅に出るところまでだね。そこを一区切りにして短編にしよう」

「……はい」

原田さんだったら、どのようにまとめるだろう？　映画のシナリオ理論を思い出しながら、僕たちは考えた。

ハリウッドスタイルのシナリオには、ターニングポイントと呼ばれる瞬間が二カ所ある。決定的なイベントがそこに配置されるのだ。例えば映画の冒頭から１／４ほど経過したあたりに第一ターニングポイントがあり物語が動きはじめる。３／４ほど経過したあたりに第二ターニングポイントがあり物語は結末へと向かう。

「今回、そこにはどんなイベントが入るでしょうか？」

「主人公が冒険に出発するっていう内容だよね。じゃあ、そのどちらかに、主人公が冒険を決意する瞬間が入るんじゃないかなあ？」

「ちなみにミッドポイントというのもありますが」

物語の開始から2／4あたり、ちょうど折り返し地点に配置されるのがミッドポイントだ。そこを境に主人公はピンチに陥ることが多い。

「ミッドポイントは後回しにしよう。それよりも高橋くんの今の原稿って、【冒険に出る！】って決意する劇的な瞬間がないよね。なんかいつのまにか、そういうことになってる。まあ、そうならないように、ターニングポイントを設定するんでしょうけど」

「主人公が【冒険に出る！】と決意する瞬間を第一ターニングポイントに配置した場合、どんな短編になるでしょうか？」

「冒険を決意したことで物語が動き出すわけだ。そこからの紆余《うよ》曲折が、残りの3／4で描かれるんだと思う。旅立つことへの迷いが生じたり、それを乗り越えたりするのかな。【冒険に出る！】という主人公のカミングアウトがきっかけで、村に波紋が広がるのもいいね。『あいつ、村人やめるってマジかよ』みたいな」

「じゃあ、【冒険に出る！】を第二ターニングポイントに配置した場合は？」

さきほどよりも長い時間考え込んで、七瀬先輩は回答する。

「その場合、なんかいろいろあった結果、最終的に主人公は【冒険に出る！】という結論にいたるわけだ。【冒険に出る！】という決意によって物語が収束していく構造になるはずだよ」

「いろいろあった結果……」

「例えば、主人公はあらかじめ問題を抱えているわけ。それを解決するために旅に出る」

「主人公の抱えている問題というのは？」

七瀬先輩は僕の顔を見て、にやりと笑みを浮かべた。

「主人公の少年は、生まれつき呪われていて、不幸を招き寄せる体質だったとか」

「やめてください。おもしろがってませんか？」

「だけど高橋くん、そういう設定の主人公なら、だれよりも心情を理解できて、上手に描写できるんじゃない？　主人公の生い立ちに、不幸を引きつける呪いの謎が隠されているのかもしれないよ」

相談の結果、冒険に出るという主人公の決意表明イベントは、ひとまず第二ターニングポイントへ配置することにした。なんとなくそちらのほうがおもしろくなりそうだったし、ダメだったら変えればいい。では第一ターニングポイントとミッドポイントには、どのようなイベントを入れるべきだろう。

モンスターを登場させる？　剣や魔法を出してみる？　世界観を端的に表すような事件が冒

頭にあるといいのではないか。様々な意見が出たけど、僕たちはその方向性を決めかねた。ドリンクバーのジュースで糖分を摂取しながら考えてみたが、なかなかその先に進めない。

「ねえ、気分を変えない？　ここらへんで別の脳みそを使ってみよう。今まではテクニカルなシーン配置を考えてきた。それは数学的な創作方法だと思う。穴埋め問題のようなやり方で物語を創るやり方だけど、それとはちがう方法もあると思うの」

「例えば？」

「高橋くんは、この短編、結局のところ、何の物語だと思う？」

質問の意味をはかりかねた。困惑する僕に、先輩が説明してくれた。

「この短編は、一見、父親探しの物語に読める。でもそれだけじゃない。同時にこれは出産の物語でもあると思う。だって、故郷の村に母親を残して、もっと大きな社会に出ていくわけだよね？　それって母親と赤ん坊の関係に似てない？」

全く予想外の角度からボールを投げられたような気がした。七瀬先輩は、主人公の生まれ育った村を母親の胎内としてとらえているようだ。そこを離れて広い世界へ旅立つ主人公の少年は、母胎から生まれる子どものイメージがあるという。

「自分が女だからかな、そんな想像をするのは」

設定上、主人公は母親と二人暮らしだ。すでに書いた原稿でも、村を離れる場面では、母親への心情に多くの描写をついやしている。だからよけいにそのような印象が生まれたのだろうか。

「他の人が読んだらこの短編は、子どもから大人になる瞬間の通過儀礼の物語にも読めると思う。そういう構造が含まれているよ」

「通過儀礼、ですか」

「ファンタジーの世界だから抽象性が際立っていて、いろいろな読み方ができる。作家というのはね、物語に含まれているそれらの構造を利用して、作品に奥深さを獲得できる人種なのだと思う。意識的に構造を作っている人もいれば、無意識に察知して掘り出していく人もいると思うけど」

七瀬先輩の抱いたイメージを、作中でうまく表現することができたなら、批評に堪えうるものになるかもしれない。主人公が村を出ていくだけの内容にすぎないけれど、作品世界が奥深くなるだろう。先輩から与えられた助言を参考に、僕はあれこれと考えを巡らせる。

「じゃあ、そのイメージをもとにして、第一ターニングポイントや、ミッドポイントの内容を考えられないでしょうか？」

主人公は村を離れて広い世界へ冒険に出る。それが出産のイメージであり、子どもから大人になるという通過儀礼のイメージでもあるのなら、主人公の抱く冒険への決意とは、【大人になるぞ！】という決意でもあるはずだ。

「主人公の身に【大人にならなくちゃだめなんだ！】と思わせるような特大の不幸がおそいか

かるんです。子どもである自分を恥じ入るような出来事です」

「なるほど！　具体的には？」

興味を惹かれたように七瀬先輩は身を乗り出した。

「……まったく思い浮かびません」

すっと立ち上がり、七瀬先輩はドリンクバーにジュースを補給しに行こうとする。

「ちょっと待ってください先輩」

「高橋くんの分も取ってきてほしい？」

「ちがいますよ。思い付きました。たった今、思い付きました。だから座ってください」

七瀬先輩は席に戻り腕組みをした。

「一応、聞いてみようか。コーラをコップに注ぐのは、それからでも遅くはないから」

「あのですね。主人公は、自分が子どもであることを、思い知らされるわけです。そういう不幸な出来事が起こるんです。だから、大人になりたいと望むんです。そのためのイベントとして、……失恋はどうでしょう。主人公の好きだった女の子が、実は、村の大人の人とつきあっているんです。経済力のある、大人の人と」

「あ、いいねえ、それ。特大の不幸かどうかはわからないけど、ツルゲーネフの『はつ恋』みたい。好きな人が大人とつきあってたら、主人公は自分が子どもであることを、どうしようもなく自覚するよね。傷が深ければ、もうこんな村いたくないよ、って思うかもしれない」

「その女の子が魅力的であればあるほど、旅立ちの動機が強くなると思うんです」

「うん。でも、そんな子、高橋くんに書ける？　大人とつきあってる女の子だなんて、だってそれ、ませた子だよ？」

「取材が必要です」

そう言いながら僕は、合宿最終日に原田さんが言ったことを思い出した。

その時々で興味のあることを書くのが一番なんだ。書くことで、自分自身と、その対象との距離が明確になる。そういうテーマを見つけたら手放さないほうがいい。

だとしたら僕は、七瀬先輩のことを書くべきなのかもしれない。

だまり込んでしまった僕を見て、七瀬先輩はドリンクバーにジュースを取りに行った。後ろ姿をぼんやりと目で追う。七瀬先輩のことを知りたかった。七瀬先輩の過去や、今考えていることや、原田さんとの関係を知りたかった。ときどき静かにまつげを伏せる七瀬先輩は、何を抱えているのだろう。本当のことを知ったら、僕は激しく落ち込むことになるかもしれない。だけど御大の言ったことも思い出した。

女を求めろ！　好きになって、好きになって、好きになって、だけどこれっぽっちも届かずに、打ちのめされろ。どん底までたたき落とされろ。のたうち回れ！

「はい。これ、取ってきてあげた」

両手にコップを持って戻ってきた七瀬先輩が、一つを僕に差し出した。

「何ですか、これ」

「飲んでみなよ」

コーラかと思ったけど、カフェオレみたいな色をしていた。口をつけると、弱い炭酸の向こうに、飲んだことのない不思議な味がする。とりあえず甘い。

「カルピス＆コーラ。おいしいでしょ？」

「……ええ、まあ」

微笑んだ七瀬先輩と目が合った。きれいな黒い瞳《ひとみ》と、にっこり笑う口の形。コーラのＣＭの充実感あふれる爽《さわ》やかさと、カルピスのＣＭの清らかな爽やかさと、そのちょうど中間くらいの爽やかさで、七瀬先輩は笑う。

「あの、さっきの話のことですけど、僕には女の子の気持ちなんて、全然わからないんです」

「うん、そうだろうね」

「だから取材させてください、七瀬先輩を」

カルピス＆コーラをすする先輩が驚いた顔をした。僕はこの人のことをほとんど知らなかった。出生の秘密とおなじだ。深く関わり、深く知ることは傷つくことであると、心のどこかでおそれていたのかもしれない。知らなければ、彼女の心を、自分の都合のいいように解釈していればいいのだから。

「話を聞かせてください。お願いします」

河口湖で、あの場面を目撃して以来、この人のことを忘れようとしてきた。避ける自分を気取《けど》られないよう、必死に仮面を被《かぶ》った。

僕は逃げ続けてきたのだ。

でも、向き合わなくてはいけない。

七瀬先輩や、自分の気持ちや、小説と。

「いいけど。小説の役に立つなら」

七瀬先輩は僕の申し出を了承してくれた。


カルピス&コーラを半分まですすり、僕は取材を始めた。

「じゃあ、早速、まず、そうですね……」

質問しようとして、言いよどんだ。

「……趣味は、何ですか？」

「趣味？　カラオケとか、あと読書はやっぱり好きだし」

「一番好きな本って、何でしたっけ」

「決められるわけないじゃない、そんなの」

「好きな作家は」

「テッド・チャンとか」

「テッドちゃん、ですか。かわいらしい名前ですね」

先輩の気持ちと向き合おうとしたのだけど、なかなか核心に踏み込めず、全然関係ないことばかりを訊《き》きまくった。先輩の好きな色は何ですか？　好きな食べ物は？　好きな音楽は？　好きな犬種はありますか？　好きな餅《もち》の種類は？

「やっぱりオーソドックスに、醤油《しょうゆ》をつけて食べるのが好きかな。揚げたり、納豆とからめたりも好きだけど。ああ、食べたくなってきちゃった」

「じゃあ、あの、お餅についての話題はいいとして、先輩はどうして髪を伸ばしているんですか？」

「髪？　私には高橋くんのほうこそ、髪を伸ばしているように見えるけど」

「僕のことはいいんです。七瀬先輩は四月のころに比べたら、だいぶ髪が伸びましたよね」

「うん、まあね」

七瀬先輩は静かにまつげを伏せた。

「……好きな人が、長い髪を、好きみたいだったから」

思いがけずに核心に踏み込んでしまった僕は、緊張に包まれていく。

「ずっとショートカットだったんだけど、伸ばしてみようかなあって」

カルピス&コーラの入ったコップを見つめながら、頭のなかで、訊きたいけれど訊きたくない質問が渦巻いた。その人はだれなんですか？　その人は原田さんですよね？　つきあっているんですか？　どれくらい好きなんですか？　いつから好きなんですか？　二人はどこまでの関係なんですか？

質問しなければ、と意を決して顔を上げた瞬間、全ての言葉を失ってしまった。これは一体、どういう偶然なんだろう。どうしていきなりこんなところに？　これは自分の不幸力と関係があるのだろうか。

ファミレスの入り口のあたりに、原田さんが立っていた。考えてみればこの店は、以前あの人に連れてきてもらった店だ。現れてもおかしくはない。

原田さんは大人っぽくてきれいな女性と一緒だった。不審げな顔をして僕の視線を追った七瀬先輩も、その二人に気付いたようだ。横顔が少しだけこわばる。

原田さんはこちらにまだ気付いていなかった。お店の人に案内され、窓際の席に歩いていく。

「……あの」

と、僕は声を出した。うつむいた七瀬先輩は、ううん、という感じに首を振った。それがどんな意味かわからずに、僕は途方に暮れる。

「……高橋くん、さっきからしょうもない質問ばかりしてるけど、本当に聞きたいのは、そういうことじゃないよね」

早まる心臓の鼓動とともに僕はうなずいた。

「いいよ。全部、話してあげる。でも今日は無理。また今度にして」

目を伏せたまま静かに立ち上がった七瀬先輩が、塹壕《ざんごう》のなかを移動する兵士のように頭を低くしてレジに向かった。僕は慌てて彼女についていく。支払いをすませて店を出るとき、窓際の席に目をやった。原田先輩が女の人と顔を寄せ合って談笑している。

その人の髪は、とても長かった。


駅の方角に向かって歩く七瀬先輩が、すれ違う人と肩をぶつけてよろけた。先輩は照れくさそうに「今日は人が多いね」と言った。困ったような、弱ったような顔をしている。何か話しかけるべきか迷ったけど、何を言えばいいのかわからない。無言のまま改札の前まで辿《たど》り着く。

普段なら乗り換えの駅まで一緒に行動するところだが。

「僕、書店に寄ります」

「うん、じゃあ、また今度」

ほっとしたような気配が先輩にあった。改札を抜けて遠ざかる後ろ姿を目で追いかける。

駅ビルの書店をぼんやりと歩いて、階段脇のベンチに腰かけた。あれは見間違いだったのではないか、という気がしてきて、確認のためにファミレスへ戻ってみることにした。見間違いのはずはないのだが、もう一度確認しないと気がすまなかったのかもしれない。

炎天下を移動し、汗だくになりながら店の前までやってきた。通行人のふりをしてそれとなく窓からのぞいてみた。やはり原田さんは髪の長い女の人と親しげに話している。テーブルの上で手をかさねている二人の関係は恋人同士のようだ。だけどもしかしたら、ただの友だちということもなくはない。手をかさねるゲームをしているだけかもしれないではないか。

そのとき、窓越しに原田さんと目が合ってしまった。驚いた顔をされる。逃げるのも変だと思い会釈をした。原田さんは手を振ると、席から立ち上がり、レジを通りすぎて店の外に出てきた。

「暑いな、今日も」

原田さんはまぶしそうに顔をしかめた。照りつける日差しがアスファルトに反射する。原田さんはいつもよりやわらかな表情をしている。今まで僕が見たことのない顔つきだ。

「ひさしぶりだね、高橋くん。合宿以来か。その後、書けてる？」

少し立ち話をして、合宿の際の写真をデータで送信する約束をした。店内で髪の長い女性がこちらの様子を気にしている。とてもきれいな人だ。

「あの方は、お友だちですか？」

店内の女性に視線を向けて質問する。原田さんは慈しむような目で、女性に合図を送りながら言った。

「婚約者だよ。このことはまだ、文芸部のみんなには秘密にしといてほしいんだけど、来年あたりに結婚しようと思ってる」

◇

「玲奈ちゃんとは中学時代の同級生だったんです」

河口湖に向かう車内で、七瀬先輩が話していた。生徒会の前田玲奈先輩は、中学生のときも学級委員をつとめ、教師からの信頼もあつかったという。一方で七瀬先輩は、授業中に居眠りばかりして教師に怒られるような生徒だったらしい。

「私たち、それなりに親しくしていたんです。玲奈ちゃんは、ほとんどの教科で学年トップだったけど、国語は私のほうがよくて」

七瀬先輩は一呼吸おいて、まじめな顔つきでくり返した。

「国語の成績は、私のほうが、よかったんです」

そこを強調したかったようだ。わかったわかった、すごいすごい、と三年生の先輩たちが頷いた。

「そのおかげなのか、ある時期までは敬意を払ってつきあってもらえてました。敬意が軽蔑《けいべつ》に変わったのは、私が試験で手抜きをしたから」

その時期、七瀬先輩のクラスを担当していた国語教師が、ヒステリックでいやなやつだったという。勉強のできない子を立たせ、みんなの前で恥をかかせるようなことを言い、泣かせるようなことを平気でやっていたそうだ。その教師に反抗するため、七瀬先輩は答案用紙を白紙で提出した。しかしその行動を、前田先輩は許さなかった。

「玲奈ちゃんは全教科トップになって、喜ぶかと思ったら、すごく怒ってました」

それ以来、前田玲奈先輩と佐野七瀬先輩の関係は悪化した。七瀬先輩が話しかけようとすると「近付くな」と言われるし、便せんに手紙を書いて授業中に回しても、読まずに握りつぶされる。二人は疎遠になり、おなじ高校へ進学したというのに一言も言葉を交わすことはなかったそうだ。


携帯電話のアラームが鳴った。

まどろみから覚めて、僕は目を開ける。

教室に差し込む光が斜めの角度になり、ほんの少し黄みがかっていた。運動部の練習する声も、いつのまにか聞こえない。起き上がり、伸びをする。待ち合わせの時間が迫っていた。僕は無人の教室を後にする。

ファミレスで打ち合わせをした日から数日が経過していた。短編小説のプロット作りは、少しも進んでいない。

メールで指定された場所に向かった。校舎を出て向かう先の運河に沿って、コンクリートの岸がのびている。風が吹いて暑さがやわらぐ。岸辺の一角に、中途半端に長い髪の後ろ姿が腰かけている。僕の視線を感じたのか、こちらを振り返る。

「ここ、見晴らしいいでしょう」

「風が気持ちいいですね」

「だれも来ないんだ」

西瓜《すいか》五個分くらい空けて、隣に座った。コンクリートが日差しに熱せられて温かい。僕らはだまって運河をながめた。運河は自然の河川のように曲がりくねっておらず、人工的な岸辺が直線的に続いている。水はおだやかに、ゆったりと流れる。

「この前の続き、だよね」

「はい」

キャラクターに現実味を持たせるため、あらためて意見を聞かせてほしい。先日の取材の続きをさせてほしい。そんな建前で、七瀬先輩と会う約束を取り付けた。

「この前はごめん、急に店を出ることになっちゃって」

「そうでしたね、まるで見たくないものから目をそらし、逃げ出すように。せっかく原田さんがいたのに、挨拶《あいさつ》もしないまま」

七瀬先輩がちらりと僕の目をうかがった。なぜあの場を逃げ出したのか、こちらがどの程度のことに気付いているのかを、推し量ろうとしているようだ。

「あの日、急におなかがいたくなっちゃってさあ」

七瀬先輩は、すっとぼけた。

「本当ですか?」

「それに、見たい番組もあったし」

「それならそれで、いいですけど」

鞄《かばん》からノートとペンを取り出して取材の用意をした。今日はあらかじめ、いくつかの質問事項を用意している。しっかりと、七瀬先輩の心と向き合わなくてはいけない。

「恋愛。それは僕の人生に決して関わることのなかった、およそ理解できない要素です。七瀬先輩の回答を、登場人物に反映させられたらなと思います」

「う、うん」

「よろしくお願いします」

主人公は幼なじみの少女に失恋して、それが動機となって街を出ることを決意する。少女は村の大人の男とつきあっているのだが、そのような状況にある少女の心理とは一体どのようなものだろう。

「では、ひとつめの質問です」

ノートのメモを見ながら発言した。

「主人公はなぜ、幼なじみの少女が他の人とつきあってるって、気付かなかったんでしょうか？　どうしてだと思います？」

「なんだ、小説のことか。私のことを聞かれるのだとばかり」

「ええ。もちろん小説の話です。主人公と少女は、おなじ村で暮らしていたという設定なんです。そんなに大きな村ではありません。それなのに、少女が他の人とすでに恋愛関係にあるってことを、どうしてずっと知らなかったんでしょう」

「確かに、鈍感な主人公だね。ずっと気付けなかったのは、なぜだろう。理由がほしいところだよ」

「例えば、こんなのはどうでしょう。少女は、公にしたくない関係を男の人と結んでいたとか。隠れるようにしながら、ひっそりとつきあっていたせいで、主人公や他の村人たちはずっと知らないままだったんです」

「それって、どんな関係？」

「相手の男に婚約者がいたとか」

ノートのメモ書きを凝視していたので、七瀬先輩がどんな表情をしたのかはわからない。だけど少し、息を呑むような気配が伝わってくる。

「その女の子は、彼に気に入られようと、婚約者に似せて髪を伸ばしたのかもしれません。それは現実にありそうなことでしょうか？」

長い沈黙がはさまれた。横目で七瀬先輩の様子を確認すると、少し頬をひきつらせて、こちらをにらんでいる。だけどもう、後戻りできなかった。

「いや、僕はただ、そういう設定の登場人物にしようかなと思ってるんです」

「そう言い張って、続けるつもり？」

「何のことを言ってるのか、ちょっとわかりかねます。もしかして、似たような体験をしている方が、先輩のご友人にいらっしゃるとか」

七瀬先輩は、ちっ、と舌打ちした。

「わかった、わかった。現実にも、ありうるよ。これでいいのかな。納得した？」

「実際、あるんですね、そういうことって」

「世の中には、いろいろなことがあるんだよ」

胸に痛みがさした。だけど立ち止まるわけにはいかない。ノートに回答をまとめ、ふたつめの質問にうつった。

「じゃあ、二人の間に恋愛感情はあったと思いますか？　つまり、その女の子と、相手の男との間には」

「小説の話だよね」

「もちろん。実在する人や団体とは無関係です。でも、現実味を持たせるために、リアルな意見を聞きたいものです。実際にありそうな話を」

七瀬先輩はまた舌打ちをした。

「男のほうは、遊びだったかもしれない」

「女の子のほうは？」

「少なくとも最初のうちは、本当の愛だと思えていたのかもね」

「その人の、どこがよかったんでしょうか」

「考え方、かな。厳しさと、やさしさ。あとは自分にはない視点をその人は持っていた。顔や見た目も好きだったし。きみの純粋さに触れていないと、僕は駄目になる、そう聞いて、守ってあげたい気持ちにさえなった」

最初はやけくそ気味に答えていた七瀬先輩だが、だんだん回答に熱や気持ちがこもってきた。僕はノートにメモしておいた質問事項を消化していく。そのままでは聞きづらいことも、小説の登場人物の話だと言い張って質問する。スカッシュというスポーツに状況が似ていた。二人のプレーヤーが壁に向かって、テニスラケットのようなもので交互にボールを打ち合う。質問と回答を僕たちは直接的にやりとりせず、壁に向かって反射させるように、小説の登場人物の話として表現する。

その子が男と恋愛関係に陥った経緯は？

その子が男に言われて一番うれしかったことは？

その子と男の関係はどれくらい続いている？

「……でも、婚約者がいるわけですよね、相手の人には」

「それでもいい、と思える瞬間があったんでしょう」

「例えばどんなときに」

「眠りからさめたときかな。目を開けると、その人が見ているの」

水面《みなも》に反射した光が揺らいで、視界を何度も白く染めた。

「婚約者に対して、悪いという気持ちはあったんでしょうか」

自分の母のことを思い出していた。ソファーでまどろみながら僕を見て、知らない男の名前を口にした母と、七瀬先輩がかさなったのだ。空から低い音が聞こえてきた。見上げれば飛行機雲が一直線に伸びている。

「あったと思うよ。いつも罪悪感で、いっぱいだったと思う。でも、いつか、婚約者とわかれて、こっちにきてくれるって、思ってたのかもしれない。おろかな子。だから主人公は、村を出てって正解だと思う。そんな子のことを好きになるなんて馬鹿げてるよ」

「その子のこと、少し、あわれに思えてきました」

「あわれみをもらうほどの価値があるかな。その子、これから、どうすればいいと思う？」

「だれかに相談は？」

「村にも同い年の子が何人かいるだろうけど、話せる相手はいないと思う、そんなこと」

「悩んでたんですね、一人で。もちろん、小説の登場人物の話ですよ」

「わかってるよ」

七瀬先輩の表情に少しだけ笑みが広がった。取りつくろったような表情ではない。おかしいような、悲しいような、いろんな感情の混ぜ合わさった顔だ。

「こんな話、参考になる？」

「もちろんです」

自分はずるいという自覚があった。取材と称して七瀬先輩の心の内側をのぞいてしまったのだから。飛行機雲は形を崩し、夕日がしだいに黄金色になって風景をかがやかせる。

「いろいろ訊いて、すいません、先輩」

「ううん。話せてよかったよ。そういえば高橋くん、好きな子がいるって、前に言ってたよね。あれからどうなった？　告白はした？」

「してませんよ。そもそも僕は、その子のこと、何も知らなかったんです」

「知らなかった？」

「今は少し、わかった気がします。だから、あきらめました。あきらめようと思います。その子には好きな人がいたんです」

「好きな人には好きな人がいた。だからあきらめる、か。それでいいの？」

「だって、しょうがないじゃないですか」

「高橋くんがそれでいいならいいと思うよ。それで済むなら、それが一番簡単でいいよ。でも、だったら、自分のことを好きな人としか、恋愛できないかもね。じゃあ、お母さんとでも恋愛してればいいのかな。マザーファッカーだねえ」

話す内容とはうらはらに、先輩はのんびりした口調だ。

「主人公の幼なじみのその子はね、最初からわかっていたんだと思う。相手には婚約者がいる、って最初からわかってた。婚約者がいても、そういうことをする人だ、ってこともわかってた。それでもその子は、誘われたときうれしかった。もしかしたら、誘ったのはその子のほうなのかも」

僕がわかった気になっていた七瀬先輩は、僕の知らない横顔でうつむく。

「実際、最初はそれでもよかったんじゃないかな。その子は楽しかったし、うれしかったし、幸せだった。でもだんだん苦しくなってきて、相手の婚約者のことが羨《うらや》ましくて、とても憎らしくて、嫉妬に苛《さいな》まれて。相手の不誠実さや、自分の卑怯《ひきょう》なところもいやで。一緒にいるときはよくても、離れているといやなことばかり考えて、自分が汚く思える」

夕日に照らされた川面が煌《きら》めいていた。先輩はそんなふうに苦しむべきじゃないです、と伝えたかった。先輩はそんなことで悲しむべきじゃないし、もっと幸せになるべきだ、と。先輩は僕なんかと違って、明るくて、素敵な人です。原田さんじゃなくても、いい人はいっぱいいるじゃないですか。

「高橋くんは、その子のこと、軽蔑する？」

「しませんよ」

「私はしてるけど」

沈んでいく夕日に照らされながら、僕は自分の言葉を探す。

七瀬先輩に伝えたいことがあった。勇気をふりしぼる。

「主人公の少年は、きっと、だれよりも知っています。その子のおかげで前向きになれたんです」

ようやくそれだけを言えた。

「ありがとう」

七瀬先輩は小さな声を出した。よいしょ、と立ち上がって、沈む夕日の最後を見届けようとするみたいに、背伸びをする。太陽の最後の煌めきが、七瀬先輩の長い髪に反射した。目のあたりをこする彼女に、僕はまだ伝えたいことがあるけれど、言葉はもう何も出てこない。

「ねえ、赤き光が地に沈んじゃった」

泣き笑いみたいな表情になってこちらを振り返った。きー、きー、と遠くでカモメの鳴き声が聞こえる。

西瓜五個分の距離を自然に詰めて、彼女は僕のすぐ隣に座った。色を落としていく運河を、二人で見つめる。水気を含んだ風が、ゆるやかに通りすぎる。それから起こったことを、僕は一生忘れない。

夏休みの終わり、締め切りまであと十日だった。

嘘みたいな時間は、沈んでゆく夕日よりもゆっくりと流れる。そっと目を閉じた瞬間の、七瀬先輩の表情と、やわらかな唇の感触を覚えている。

水面に降り立った鵜《う》が、再び飛び立つくらいの時間だった。だけどそのキスは永遠に似ていた。

◇

高揚する気持ちを煽《あお》るように、蟬の大合唱が聞こえた。もう何ごともなかったかのように、忘れたり、ただあきらめたりすることはできない。

逃げずに聞いた七瀬先輩の話を、物語に昇華させようとした。受け入れがたい現実、不可解な世界を、自分の世界に取り込む。旅立つ主人公のように、僕も自分の殻を打ち破るのだ。しかし最初の三日間は、高揚するばかりで何も書けなかった。

すべてが順調に進み出す、かのように思えたが、そうはならないのが人生だ。

四日目、七瀬先輩にメールをしようとしたが、何を書いていいのかわからなかった。七瀬先輩は今、何を考えているのだろう。七瀬先輩はどういうつもりだったのだろう。あの出来事は何だったのだろう。どういうつもりで、キスなんかしたのだろう。

五日目、猜疑心《さいぎ》がむくむくとふくれあがっていく。あれに意味なんかなかったのだ。僕をたぶらかしてもてあそんでいるだけなのだと。

六日目のコンプレックスと、七日目の嫉妬が、頭のなかで陣取り合戦を始めた。向き合おうとすると、心のなかで嵐が吹き荒れた。苦しい。自分と七瀬先輩の間に起こったことなんて、何もなかったかのようだ。代わりに七瀬先輩と原田さんが求め合う光景を思い浮かべてしまう。子どものころから培われた豊かな妄想力が、自分の首を絞めている。原田さんの甘い言葉に、七瀬先輩は抗《あらが》えない。原田さんの甘い手つきに、七瀬先輩は逆らえず、やがて自ら応える。僕にはあまりに高次元すぎる話だ。苦しかった。婚約者に嫉妬する七瀬先輩は、もしかしてこんな気持ちだったのだろうか。だとしたら、これはつらい。どん底までたたき落とされ、打ちのめされろ、と御大は言ったけど、それはこういうことだったのだろうか……。

小説を書かねば、と思うのだが、全く手につかなかった。あちこちから砲弾が飛んでくるようだった。武器もないし、舵《かじ》も利かない僕の艦は満身創痍《そうい》だ。いや、もう撃沈されているかもしれない。何も書けない。

締め切りは三日後に迫っていた。スランプのときは散歩するといい、という先輩のアドバイスを思い出して外に出たら、夕立に遭い、びしょぬれになってしまった。不幸力……。だけどそんなことはどうでもいい、と思えるほど、僕は弱っていた。頭から七瀬先輩のことが離れない。どうして七瀬先輩は、原田さんのことが好きなのだろう。どうして僕じゃなく、原田さんのことが好きなんだろう。どうして彼女は僕にキスをしたんだろう。だけど小説……。小説を書かなければ……。

帰宅して、くしゃみをしながらパソコンと向き合った。雨のせいで体が冷えたのか、風邪をひいてしまったようだ。しかし気にしてはいられない。小説の書き出しだけでもやっておかなくては間に合わなくなってしまう。体温計で熱をはかってみると、あきらかに高い。体がふらふらしてきて、椅子からずり落ちた。

執筆をあきらめてベッドにもぐり込んだ。寒気に耐えながら胎児のように体を丸めた。眠ったのか、眠っていないのか、時間の感覚がつかめない。「ご飯よ」と母の呼びかける声が部屋の外から聞こえてくる。弟の部屋から壁越しに笑い声が聞こえた。恋人と電話をしているのかもしれない。ベッドのなかで耳をふさぐ。

夢は見なかった。どれくらい、時間が経過したのだろう。

カーテンの隙間から明るい光が見える。少なくとも半日はすぎている。

目覚めたのは、電話の着信音のせいだった。机に置いていた携帯電話が鳴っている。ベッドから這《は》いずり出て携帯電話をつかんだ。液晶画面には、公衆電話からの発信を示す表示があった。だれだろう。通話ボタンを押すと、聞き覚えのある声がした。

「いつまで待たせやがるんだ！　とっとと出やがれ！」

電話を窓から投げ捨てようかと思ったが、思いとどまった。

「……どうしたんですか」

「原稿は進んでいるのか？　どうせ書けていないんだろう!?　わははははは！　そんなことだろうと思って、電話をかけてやったんだ！」

御大はこちらが弱っていることなど気付かず、怒鳴るように話す。

「はあ、そうですか……」

御大の声はエネルギーに満ちていた。どこで僕の携帯電話の番号をつきとめたのだろう。教えないように気をつけていたのに。それにしても御大は機嫌がよさそうだ。躁《そう》状態のようにまくしたてる。内容は他愛のないものだった。今日は天気がいいとか、風が気持ちいいとか、さっき蕎麦《そば》を食ってきたとか、万年筆のインクを買いに外へ出てきたとか、そんなことを一気呵成にしゃべった。僕はぼんやりとうなずく。

「へえ、そうなんですか……」

「インクが切れなければ、書き終えるまで部屋から出るつもりはなかった。食事も取らなかっただろう。これから帰って原稿の続きをやるつもりだ。そのことをお前に伝えたくて、こうして電話をしているんだ。光太郎、俺はもうすでに三千枚は書いたぞ」

「え？」

「四百字詰めの原稿用紙換算で三千枚だ」

「それって、小説のことですか？　書いてるんですか？」

「もちろんだ。いつだって書いている。完成しないだけだ。わははははは！」

「頭、大丈夫ですか？」

「光太郎、お前も頑張れよ」

そこでぷつりと通話が途切れた。公衆電話に投入した金額のタイムリミットがおとずれたのだろう。そうか、御大は書いているんだ。窓を開けると、御大の言ったとおり、気持ちのいい風が入ってきてカーテンをふわりと揺らす。眠って汗をかいたおかげか、体調はだいぶよくなっている。

ひとまず何かを口に入れようと、部屋を出て台所へ向かった。冷蔵庫をあさったけれど何も見つからない。

「飯か？」

後ろから声をかけられた。父が立っている。

「うん。お母さんは？」

「買い物だ。颯太はデートらしいぞ」

父は休日の格好をしていた。静かなリビングで読書をしていたらしい。海外作家の分厚いミステリ小説を片手にぶらさげている。父は僕とちがって長身だ。血がつながっていないのだから、ちがうのは当たり前なのだけど。

「どこかに食べに行くか？」

父に提案され、迷った。まだ体がふらついていたし、小説執筆もしなくてはいけない。だけどうなずいた。

「うん、行く」

「何がいい？」

「蕎麦」

出発前に汗まみれの服を着替えた。二人きりでどこかへ行くなんて、二年前に自分の出生について話を聞いて以来、初めてのことだ。先に車に乗った父が、エンジンをかけて待っていてくれる。

家族で出かけるときは遠慮して後部座席に座っていたから、助手席に乗るのは随分ひさしぶりだった。大通りに出てスピードが増すと、窓ごしの景色が流れはじめる。

父と出かけることにしたのは、なぜだろう。自分でも理由はよくわからないが、そうしたかったのだ。信号待ちのとき、父がエアコンの風量や温度設定を気にしていた。

「風邪ひいてるのか？」

「たぶん、もう治りかけてる」

「薬は飲んだのか？」

「飲んでない」

「どうして言わなかった？」

「言うほどのことじゃないし」

「病院、行くか？」

「行かなくていいよ。それより、シャワーを浴びてくればよかった」

「夕飯にも顔を出さないから心配してたんだぞ。母さんが呼びに行ったけど、追い返しただろう？」

「あんまり覚えてない」

郊外の蕎麦屋に入った。のれんをくぐって冷たい蕎麦を注文し、父と向かい合ってずるずるとすすった。ぽつぽつと交わす会話は本のことだ。今、読んでいる小説のことや、最近、読んだなかでおもしろかったものについて情報交換する。蕎麦湯まですっかり堪能《たんのう》した。

「文芸部で本を作るんだ。それに載せる小説を書かないと」

「へえ、小説か。お前、よく颯太に作り話を聞かせてたもんな。『追憶のエアライザー』だっけ？」

小学生のころ、そういう題名のロボットSF物語を創っていた。物語というより、世界設定をまとめただけのメモ書きだったけれど、父がそのことをまだ覚えていたことに驚かされる。

父は空になった蕎麦の器を見つめた。

「そういえば昔、小説を書こうとしたことがあったな」

「え、父さんも？」

「途中で放りなげて、それきりだよ。ちょうどお前くらいのころだった。光太郎、不思議なもんだな」

「うん、そうだね」

血のつながりはないのに。

店を出て、少しドライブをすることになった。景色のいい道を走りながら、ラジオから流れてくる曲に耳をすます。窓から気持ちのいい風が入ってきた。体調は家を出たときよりもずっといい。自然公園の広大な敷地に沿って、鮮やかな緑色の並木が続く。どういう会話の流れからか、颯太とその彼女についての話をした。颯太は彼女を家に連れてきたことがあるらしく、父も挨拶をしたという。

「お前は？　好きな子、いないのか？」

唇の感触を思い出して体温が上昇する。そして胸が痛む。

「文芸部に好きな人がいるけど、その人にはもう好きな人がいたんだ」

普段は話さないようなことだけど、颯太と張り合いたい気持ちがあったのかもしれない。七瀬先輩と原田さんとその婚約者の関係を父に説明した。

「その男は別の女性と婚約しているのか？」

「うん。その人にとって、僕の好きな人は、浮気相手ってことになるのかな」

「じゃあ、早いところ、やめさせたほうがいい。関係がばれて婚約破棄になったら、慰謝料を請求される可能性があるぞ」

「え！」

「相手次第だけどな。父さんのときは、結婚していた状態だったけど、浮気相手に請求はしなかった」

ハンドルを握る父のことを、僕はまじまじと見つめてしまう。車の速度が緩まり、並木道の路肩に停車した。風が吹くと、枝葉の影がさざなみのように揺れた。

「父さん。聞きたいことが」

「ちょっと待て、ラジオを消す」

軽快な曲が消えると、車内は耳が圧迫されるほどの無音になった。

「あの……、僕の遺伝子のことなんだけど。半分はお母さんのものなんだよね。じゃあもう半分は、どこから来たの？」

「ある男のものだ」

「会ったことある？」

「ああ、何度かな」

「顔は僕に似てる？」

「もう少し歳を食ったら、似てくるかもな」

なんとなく、その男は父よりもずっと年上の人物だったのではないか、と想像した。

「初めのうちは慰謝料をもらうつもりだった。向こうの提示した額は充分なものだったし、お前を堕《お》ろす費用も出すと言ってきたんだ」

「堕ろす？」

「ああ。中絶だ」

生々しい言葉に僕は驚く。

「じゃあ、僕が生まれてこなかった可能性があったってこと？」

「可能性どころか、ほとんどそう決まっていた。エコー写真を見たが、あのときはまだ、お前は小指の先くらいの小さな粒だったよ。痛みも感じることなく消えていただろう。自分、というものを認識する以前に、お前は、いなくなっていたんだ。母さんと話し合いをして手術の予約もした。だけど当日になって気が変わったんだ」

「どうして？」

「風が吹いたんだ」

「風？」

「ああ。朝、窓を開けたら風が入ってきて、そいつがテーブルの上に置いてあったエコー写真を吹き飛ばしてな。写真はちょうど、流しに置いてあった残飯入れの三角コーナーに入ってしまったんだ。残飯まみれになったお前の写真を、父さんはつまみ上げて洗い流してやったんだぞ。そうしていたら、なんとなく、育てるのもいいんじゃないかって思えてきてな」

「でも、いやじゃなかった？　だって僕は知らない人の子どもだったんでしょう？」

「そんなのは、そのうちにどうでもよくなるもんだ。慰謝料もつっぱねてやった。だってそうじゃないか。お金のためにお前をやしなってるみたいでいやだろう？　父さんがお前を育てると決めたんだ。父さんの稼いだ金で食ってもらわないと」

「お母さんをうらまなかったの？」

「父さんも悪かったんだ。あのころ仕事のことしか頭になくてね。母さんは、自分をささえてくれるだれかがいてほしかったんだろう。それは取り返しのつかない間違いだったのかもしれないが、母さんは一時、その男を真剣に愛したんだ。そして父さんは母さんを許すと決めた」

父の言葉が胸の奥底にまで響いた。

「だからお前も。ひとりぼっちで悩みながら生きている女の子がいたら素通りするんじゃないぞ。声をかけてあげるんだ。好きになって欲しがるだけなら、小中学生でもできる。でもな、愛し、許すことは高校生からでないと無理だ。いや、高校生にも難しいかもしれないけどな」

笑いながら話す父はおそらく、僕の好きな人のことを言っているのだろう。だけど人を愛し、人を許すなんてことが、僕にできるのだろうか。

「……まず、どうすればいいと思う？」

「床屋だ。髪を切れ」

父の提案通り髪を切ることにした。再び走り出した車が、やがて理髪店の駐車場に入る。父の大学時代の後輩がやっている店だという。

椅子に座ると、散髪が始まった。はさみが動くたびに、耳を隠していたぼさぼさの髪の毛が落ちていく。さっぱりしていく僕の顔を見ながら店主が言った。

「さすが親子、先輩に似てるっすね」

僕と父は鏡越しに目を見合わせて苦笑した。

「そうか？　似てるか？」

「そっくりじゃないっすか。ほら、目のあたりとか」

鏡に映った自分を見つめながら僕は考える。顔を上げて、胸を張って生きることが自分にもできるだろうか。生きていると、たくさんの不幸がある。ちょっとしたいやなこと。不公平。つまずき。他人からの攻撃的態度。これからもきっと僕はつまずくだろうし、ふさぎ込みたくなることだってあるだろう。だけど、そのたびに立ち上がって、歩き出さなくちゃいけない。そんなことができるだろうか。

店主に見送られ、僕と父は店を出た。夏の午後、日差しはまだまだ強い。車に向かって少し歩いたところで、後ろから呼び止められる。

「光太郎、お前、背が伸びたな」

父がまぶしそうな表情で僕を見た。

「わかってると思うが、一番苦しんだのは母さんなんだ」

父は僕に、そのことを、ずっと伝えたかったのかもしれない。

「うん、わかってる」

かつて小さな風が吹き、僕は生まれたのだ。複雑で不可解で理不尽なこの世界に、もしかしたら僕は生まれてこなかったのかもしれない。

でも、生まれたのだ。

「行くか？　光太郎」

「うん」

走り出した車のウィンドウを開け放した。

首を傾け、ひさしぶりに出した耳で、僕は風を感じ続けた。

第五章　答は風のなか

九月下旬の空は、突き抜けるように青かった。あたらしい秋と居残る夏とが混ざるなか、僕らの学園祭が賑《にぎ》やかに始まる。

「できたてのたこ焼きは、いかがですかー！」

たこ焼き、じゃがバター、ポップコーン、らくがきせんべい、チュロス、フランクフルト、クッキー、クレープ、磯辺焼き、キャンドルボーイ、食べ物を売る屋台が、校庭に軒を並べる。講堂の方角からは、ロックバンドのライブの音が聞こえてくる。

「やーきそば、いかがっすかー」

がたいのいい野球部員が駅弁売りのような格好で、校舎のなかを歩いていた。各教室では女装喫茶や、普通の喫茶や、プラネタリウムや、写真スタジオや、オバケ屋敷などが開かれている。オリジナル映画の上映や、文化部の活動展示などもある。

知識の橋を渡った先、リバービューラウンジの一角に、文芸部メンバーが集まっていた。昨年は太宰焼きとか、三島焼きなどと名付けた〝文豪お団子〟を販売した。でも今年は、みんなで作った部誌を、一冊三百円で頒布している。

「できたての小説は、いかがっすかー！」

はっぴを着た井上部長がふざけた声を出し、水島副部長にたしなめられた。徹夜して作った、宣伝用の大看板が立てかけられている。角形テーブルには中野先輩が作った可愛らしい宣伝POPが飾ってあり、その隣に刷り上がった部誌が堆《うずたか》く積まれる。流れるような書体で印刷されたその部誌のタイトルは、

『風域　vol.1』


表紙には鈴木先輩が撮った写真が使われていた。河口湖の向こうに、霊峰富士が聳《そび》える。湖の真ん中に怪しい影が写りこんでいて、それはカワッシーなのかもしれないし、孤独な男が漕《こ》ぐボートなのかもしれない。

『風域　vol.1』は有料で頒布することに決めた。それなりにいい紙を使って、表紙の印刷もすばらしく、決して安っぽい出来ではない。値段設定と質のバランスに関しては、七瀬先輩と井上部長とが検討を重ねて決定した。飛ぶように売れるわけではないが、他校の生徒や保護者などが、ときどき興味を持ってくれる。ぱらぱらとめくったあと、購入してくれることもある。

学校見学を兼ねて学園祭に来たのであろう中学生の女の子が、僕らの部誌を手に取った。売り場から少し離れた場所にいた僕は、胸いっぱいの気分でその姿を見つめる。

「お買い上げ、ありがとうございます！」

売る先輩たちも、買った中学生の女の子もうれしそうな顔をしていた。

見ず知らずの中学生が去っていく姿を、僕は不思議な気持ちで見守る。自分の小説が読まれるかと思うと、恥ずかしいような、くすぐったいような、緊張するような気分だ。申し訳ないような気持ちもあるし、誇らしいような気持ちもある。

締め切り直前、僕は取り憑《つ》かれたように小説を書き続けた。言葉が文章になり、一行が一ページになり、やがて自分の世界ができていく。


ごう、ごごう、と風が吹き、波のように草が揺れた。

魔物が寄りつかない穏やかなこの草原は、静寂の草原《カーム・ステップ》という別名を持っている。

「ねえ、どこにいるのー？」

彼は彼女を捜した。小さな二人にとって、草原の高い草は、隠れるのにちょうど都合がよかった。

「ぱあ！」

「うわあ！」

草の陰から急に現れた彼女の姿に、彼は腰を抜かしそうになる。

幼なじみの二人は、いつも日が暮れるまでここで遊んだ。かくれんぼ、カゲフミオニコ、石並べ、タカオニ、イロオニ、ケンケン。木の枝で剣士のまねごとをすることもある。

彼も彼女も孤独を抱えていた。だけど二人でいれば、寂しくはなかった。

「ねえ、大きくなったら、何になる？」

「んー、たぶん、父さんのような冒険者になるかな。世界中を旅するんだ」

「へえー、楽しそう！」

好奇心全開のくりくりした目で、女の子が笑う。短い髪が、踊るように跳ねる。

「じゃあ、きみも連れてってあげるよ」

「ホントに？」

二人は小指を絡ませて約束をした。

静寂の草原に、世界で一番小さな〝永遠〟が生まれる。


ラウンジの窓から見下ろした場所に校舎裏のちょっとした広場があった。遊んでいる子連れの家族の姿があり、その向こうには、一ヶ月前に七瀬先輩と時間をすごした運河がある。

いい小説が書けたのかどうかはわからなかった。書いているとき、小説は自分のものだけど、一度作品となったら読者のものになる。読者の頭のなかにどんな光景が広がり、どんな音が鳴るのか、作者にはわからない。小説のテキストは、読む人の記憶や想像力と交わり、あたらしい世界が生まれる。言葉で構成されたイメージが、作者から読者へと受け渡され、つながっていく。その様子は生命の広がりを思わせる。小説を遺伝子とするなら、それが印刷された本は身体そのものだ。

あいつは隣街の貴族と結婚するらしいぞ。あいつの家って貧乏だったし、そういうことなんじゃないのか？

おなじ村出身の友人からその噂を聞いたとき、彼はいてもたってもいられなかった。彼女に直接会って確かめたかった。噂が嘘だということを確かめたかった。彼は剣技学校の寄宿舎から抜け出し、彼女の家までやってきてしまった。

「……どうしてここに？」

彼の剣幕から何かを察したのか、彼女は一瞬だけ、申し訳なさそうな表情を浮かべた。その表情が全ての答えなのかもしれなかった。

「でも、もう遅いよ。こんな夜になっちゃったし」

彼女は彼を送ってくれた。少しだけ伸びた彼女の髪を、彼はちらり、と見やる。

「昔はよく一緒にここで遊んだよね」

二人は肩を並べて、草原を見つめた。草原の中に足を踏み入れなくなったのはいつごろからだろうか。彼が力のなさを痛感したころか、それとも彼女の家の経済状況を知ったころだろうか。

彼女は草の前に立った。昔は隠れることができたのに、今はひざまでの高さしかない。

「もう、ここに隠れて遊べないね」

言葉が胸を刺した。彼は何も言えなかった。


「間にあってよかったよね。一時はどうなるかと思ったけど」

七瀬先輩が微笑んでいた。

「締め切りぎりぎりだったもんね。直しもぎりぎりだったし」

締め切りの後、原稿のチェックをしながらレイアウト作業をした。七瀬先輩は毎日、大変だったと思う。目次を作り、体裁を整え、表紙を作り、校正もする。学校に夜遅くまで残る先輩に、ずっと僕もつきあった。雑誌作りに興味があったからだけど、もちろん理由はそれだけではない。最終的に、ぎりぎりのタイミングで印刷所にデータ入稿をして、二人でほっと胸をなで下ろした。一緒に苦労したせいか、『風域　vol.1』が、僕と七瀬先輩の子どもみたいに思える。

その翌日、七瀬先輩は髪を短く切ってきた。何かを振り切ったのか、それとも何かを決めたのか、それともただの気分転換なのか。七瀬先輩に訊いても教えてはくれないだろう。だけど七瀬先輩にはやっぱり、ショートカットのほうが似合う。

「今さらだけど、高橋くんの短編、少し納得いかないところもあったな」

「どこですか?」

「主人公が部屋に閉じこもって、出てこなくなったところがあったでしょ? あのとき主人公はヒロインの気持ちもちゃんと知ってたわけじゃない。知っているのに、必死に知らないふりをして、ずるい。そんなのってヒロインが可哀想じゃない。あそこは私、主人公が言い訳ばっかりしているように見えた」

「そうでしょうか」

笑う七瀬先輩を見る。やっぱり彼女には、ショートカット以外はありえない。

僕らは二人とも、今まで髪型を間違えていたのだ。

真っ暗な懲罰房の中、彼はひざを抱えてうずくまっていた。

「おい、食事だ」

看守の声が聞こえた。顔を上げると、小窓から食事が載ったトレイが送り込まれる。もうすぐ日が暮れる。もう間に合わない。日が暮れてしまってからではもう遅い。このままではもう、間に合わない。

体の痛みと、もうずっと眠っていないのとで、意識が遠く霞《かす》んでいた。遠くでごう、と風の音が聞こえる。ごう、ごごう、ごごう、ごごごう。かつてゆりかごで聞いたような風の音。生まれるもっと前から感じていたような風の音。ごう、ごごう、ごごう、ごごごう。

行かなきゃ……。

立ち上がった彼はふらふらと前に進む。懲罰房のドアは固く閉ざされている。押しても引いてもびくともしない。そのとき、父の形見の腕輪が鈍く光った気がした。

凄《すさ》まじい音とともに、懲罰房の重いドアが吹き飛んだ。大魔法が炸裂《さくれつ》したような痕跡《こんせき》に、彼自身も驚く。

吹き飛んだドアと彼を交互に見比べ、看守の一人が怯《おび》えた表情をした。別の看守は驚きすぎて、うひゃらあああん、という奇妙な声を上げて腰を抜かす。

「そんなばかな!!　このドアが破られるなんて」

一人の看守が驚きながら、声を出した。

「こ、これはまさか、あの！」

彼の体にはかつてないほど力がみなぎっていた。どうして……、自分はどうしてこんな力を出せたのだろう。もしかして自分の奥底に秘められた、あのおそるべき能力が解放されたのだろうか……。だけどそんなことは今、どうでもよかった。

「行かなきゃ！」

彼は懲罰房を出た。外へと続く道に次々と集まった看守たちが、制圧用の武器を構える。彼は迷うことなく、そこに向かって突進していった。人垣が紙の様にちぎれていく。

「ごめん、母さん」

走りながら、彼は思った。

「ごめん、母さん。今まで育ててくれてありがとう」

走る彼の前方で、今まさに赤き光が地に沈もうとしていた。やがて夜の帳《とばり》が翼を広げ、世界を暗い闇の懐の奥深くへと覆い隠していくのだろう。

「母さん、ボクは行くよ。ボクは母さんのことをうらんでなんかいない。いつか立派な剣士になって、きっと戻ってくるから」

巨大な夜の下、走り続ける彼の姿は、もうだれにも見えない。

はあ、はあ、はあ、はあ、はあ、はあ、はあ、はあ。

ボクは走り続ける。向かう先は一つしかない。もう逃げるわけにはいかない。

はあ、はあ、はあ、はあ、はあ、はあ。

気付けば彼は、幼なじみの家の前に立っていた。普段はだれも気に留めない、村はずれの古い家だ。だけどこの夜、彼女の家は何人もの衛兵に守られている。

衛兵に見つからないように、彼は裏に回った。彼女の部屋に明かりが点いているのを確認し、足下にある小石を窓に向かって投げた。しばらくすると、がらがらと音を立てて窓が開く。

目が合った瞬間、訝《いぶか》しんだ彼女の顔が驚きに変わる。声が届かない距離で二人は見つめ合う。

「何か聞こえたぞ！」

「こっちだ！」

衛兵たちの声が聞こえ、彼は再び夜に魔斬れる。


『風域　ｖｏｌ．１』が完成した翌日、井上部長が生徒会の元へ数冊を届けた。数名の手により精査され、文芸部を廃部にしないための条件がクリアできているかどうか論議されたという。

一つ、学園祭で部員の作品をまとめた冊子を発行、頒布すること。

一つ、掲載する原稿は、過去のものではなく、本年度中に書かれたものであること。

一つ、新入部員のオリジナル小説を、必ず一つ以上入れること。

一つ、その冊子に価値があること。

前田玲奈先輩にいつも付き従っている銀縁眼鏡の一年生が、生徒会側の代表として文芸部存続の可否を伝えにきた。学園祭に間に合わせることができたので、ひとつめの条件はクリアだ。ふたつめ、みっつめもクリア。しかし最後の条件に関しては否定的な意見もあったらしい。

「あなたがたの低水準の文章につきあわされるのは、苦痛以外の何物でもありませんでした」

文芸部員一同が緊張して見守るなか、石井啓太は『風域 vol.1』を取り出して井上部長に手渡した。その『風域 vol.1』には、大量の付箋《ふせん》がはられている。赤色のペンでところどころに感想のメモ書きがあり、誤植や慣用句の誤用にもチェックが入っていた。僕の小説も「紛れる」を「魔斬れる」と書いてしまっていた(中二のとき考えていた必殺技を日本語変換システムが学習してしまったせいだ)。また、地の文の人称が〝彼〟と〝ボク〟でブレてしまった。

「内容に関しては、つまらないの一言でした。しかし廃部は一年間見送りにします」

「見送り?」

七瀬先輩が怪訝《けげん》な顔をする。

「廃部にすべきという声も多かったのです。しかし首の皮一枚でつながりましたね。次号の出来を確認してからでも遅くはないだろうと前田先輩が主張されました。来年、またおなじ条件で学園祭までに部誌を作っていただきます。成長の形跡が見られなければ、そのとき正式に廃部とします」

　結論が保留されたにすぎないが、井上部長は満足そうだった。

「妥当だな。少なくとも、一年分の価値は認められたってことだ。その一年で、生徒会をねじふせるくらいの成長をすればいいわけだから楽勝だよね。その戦いに参加できないのは、至極残念だけど。後は頼んだよ、七瀬くん、鈴木くん。高橋くんも」

「通訳すると、自分の代で文芸部の歴史が潰《つい》えることがなかったからほっとした、でよろしいか、井上部長」

　水島副部長がクールに言った。

　その後、七瀬先輩と一緒に廊下を歩いていると、前田玲奈先輩に遭遇した。すれ違う間際、どちらからともなく立ち止まり、二人の先輩が向かい合った。

「ありがとう、玲奈ちゃん。廃部に待ったをかけてくれて」

「佐野七瀬、お前の仕事ぶりには失望した。なんだ、あの誤植の数は」

「だってえ、ぎりぎりだったの、スケジュール的に。でも、どうして助けてくれたの？」

「助けたつもりはない。一冊のみでは評価をあやまる危険がある。小説の執筆を通して人間というものが成長するのなら、より正しい評価を下すためには長期の観察が必要だろう」

　それから前田先輩は僕を見た。切れ長の目にはあいかわらず日本刀のようなうつくしさと迫力があった。

「きみの作品に苦悶《くもん》の跡を見た。しかし内容がまだ幼い。感想はそれだけだ」

僕たちに背を向けて、振り返りもせずに前田先輩は行ってしまった。


早朝、静寂の草原に風が走った。

あれからずっと待ち続けたけど、彼女は来なかった。絶望とあきらめが頭をよぎる。彼女はもう、隣街に向かったのだろうか。もう二度と会うことはないのだろうか……。

「ぱあ！」

「うわあ！」

草の陰から急に現れた彼女の姿に、彼は腰を抜かしそうになる。突然、草むらの中から、彼女が顔を出したのだ。涙目でぎょっとした表情になっている彼を見て、彼女は、あはははは、と快活に笑った。

「……いつから？」

「ずっといたよ。私はずっときみを見ていた。ずっと前からきみのことを見てた」

彼女はゆっくりと彼に歩み寄った。

「行こうよ、冒険。小さなころからの約束だもんね」

彼女が差し出した右手を、ボクはゆっくりと握る。

地平線の向こうで、赤い球体がゆっくりとのぼる。

他の部員が売り子をしている時間、僕は校舎を歩き回って展示をながめた。ホットプレートで焼かれたクレープや、形がちぐはぐなたこ焼きでお腹を満たす。

午後になると、僕と七瀬先輩が部誌の販売を受け持った。長机の前に座り、机越しに客とやりとりをする。行き交う人々をながめていたら、聞き覚えのある声がした。

「兄ちゃん！」

弟が手を振っている。両親も一緒だ。来るとは聞いていなかったので僕は焦ってしまう。

『風域　ｖｏｌ．１』というタイトルを見て弟がうれしそうな顔をした。

「お、やったね。このタイトル、兄ちゃんがつけたの？」

「まさか。全員で考えたんだよ。尊敬する先輩が言ってた言葉っていうか、いや、尊敬はしてないけど」

七瀬先輩に僕は説明した。

「こいつ、僕の弟で、颯太って言うんです。風が立つと書いて、颯太」

「ああ、なるほど。よろしく、颯太くん」

部誌の題名にも風という漢字が使われていることが弟にはうれしかったようだ。たったそれだけで子どもっぽくはしゃいでいる。母が部誌を二冊、買ってくれることになった。部員にはすでに一冊ずつ配られていたから、買う必要はなかったのに。

本を母に手渡すとき、一瞬、指がふれた。いろいろな感情が胸の内をよぎる。子どものころは毎日のようにべたべたとくっついていたその手にふれるのは、何年ぶりだろう。

「光太郎の小説、楽しみ」

「そんなにいいもんじゃないよ」

母の目を正面から見る。やさしい表情をしていた。

母は父を裏切り、別の男の子どもを身ごもった。そして生まれたのが僕だ。だからどうした。それがなんだ。もう充分じゃないか。不思議と今は、そんなふうに考えることができた。

母はその男のことを愛していたのだ。後悔もしたし、苦しんだ。父はそれを許し、母は僕を産んでくれた。僕もいつか、母のことを心から許せる人間になりたい。産んでくれたことに、心から感謝できる人間になりたい。

七瀬先輩は僕の作品に対し、出産のイメージがかさなると言った。もしかしたら、それを書き上げたことで、僕は母から産まれなおしたのかもしれない。また、以前のような関係に戻れるとは考えていない。だけど、今は母のことを一人の人間として思いやることができる。

母はうれしそうに『風域　ｖｏｌ．１』をめくった。僕に居場所ができ、僕に夢中になれることができたのが、母にはうれしいのかもしれない。

別れ際、父と視線を交わし、お互いに会釈をした。その様子を見ていた七瀬先輩が、隣でおかしそうにする。親子なのに会釈だなんて他人行儀に感じたのかもしれない。でも、僕と父はこれくらいがちょうどよかった。

「私の短歌も読まれちゃうのかな」

僕の家族を見送りながら七瀬先輩は言った。どういうつもりなのか、父は七瀬先輩にも丁寧に会釈をする。

「そのようですね」

テーブルに積まれている『風域　vol.1』の一冊を手に取り、短歌が掲載されているページを開く。全部で五首の短歌があった。ひとまとめに題名がつけられている。

『図書館の本が偏頭痛』　佐野七瀬

風はどこからやってくる立ちすくんだきみの顔にパンチ

ページの終わりはいつも哀しい蟻が行く人の気も知らないで

表記のゆれに心はばらばらだってきみの唇が嘘つきだから地獄に落ちろ

活字が星になったなら夜空はきっと眩《まぶ》しいだろう偏頭痛も消えるだろう

本が好き笑って泣いてさようなら

「自由ですね」

僕は感想を口にする。自由律短歌のような、詩のような、それらの文章を、部誌が完成するまでに何回も読んだ。ボツになった作品も読ませてもらった。その度に、自由だなあ、という感想が真っ先に浮かぶ。

「ちなみに、最初の歌でパンチを受けているのは、高橋くんだから」

「どうして僕がパンチされるんですか」

七瀬先輩は目をつむり、頭のなかで何かを思い浮かべるような表情をする。すーっと息を吸って、ぱちり、と目を開ける。

「うん。やっぱり、高橋くんの顔をイメージすると、パンチしたくなるよね」

楽しそうに言うので、まあいいかと思う。

しかし七瀬先輩の顔が、突如として曇った。先輩の視線は来訪者の人混みへと向けられる。どこか見覚えのある、髪の長い女性がいる。だれだったかなと思い出そうとして、原田さんと一緒にファミレスにいた女性だと気付く。つまり原田さんの婚約者だ。

ラウンジには文芸部以外にも様々な部がテーブルを並べていた。それらをひとつひとつながめながら、その女性はこちらに近付いてきた。宣伝用の大看板と中野先輩が作ったＰＯＰを見て、僕たちの前で立ち止まる。

「ああ、あった！　これだ。これ、ひとつください」

その人は『風域　ｖｏｌ．１』を一冊、手に取った。長財布から一万円札が出てくる。七瀬先輩が緊張した様子でお金を受け取り、僕がお釣りを渡した。

「ここにいたのか」

やさしげな声とともに、原田さんがラウンジに現れた。彼女のところへ駆け寄る様子からすると、勝手にいなくなった婚約者を探していたのだろう。彼女のそばまで来て、原田さんはようやく七瀬先輩にも気付く。目を合わせた二人が、一瞬複雑な表情になる。

「きみって、いつかファミレスの前で原田くんと話してた子？」

女性が僕を見た。あらためて近くで向き合うと、とてもきれいな人だ。

「はい、あのときは、挨拶《あいさつ》もしなくてすみません」

「僕の後輩なんだ、二人とも」

気を取り直すように笑顔を作って原田さんが紹介してくれた。七瀬先輩はぎこちない会釈をする。

「へえ、よくできてるじゃないか」

『風域　ｖｏｌ．１』を手に取った原田さんは言った。ページがぱらぱらとめくられ、短歌が掲載されているところで止まる。

「『図書館の本が偏頭痛』？　おもしろいタイトルね」

原田さんに顔を寄せてページをのぞきながら、婚約者の女性が言った。

「それ、私の作品なんです」

七瀬先輩はまっすぐに原田さんを見た。

「図書館の本は、いつか返却される運命にあり、その人の手元から去ってしまうんです。必要なときだけ呼び出されて、用がすめば返却されるんです。そういうものの悲しさを込めました」

「はあ、なるほど」

婚約者の女性はうなずく。わかったような、わからないような、という顔で。

七瀬先輩はずっと原田さんに視線をそそいでいた。一瞬、その表情が揺らいで、泣きそうな顔になりながら、口元をほころばせた。

「笑って泣いてさようなら、ですね、先輩」

原田さんは七瀬先輩と、ゆっくりと目を合わせた。

「どうやら、そのようだね」

婚約者の女性が、誌面から顔を上げて、七瀬先輩を見た。それから不思議そうな顔で、原田さんを振り返る。僕は緊張のあまり、呼吸もできなかった。だれかが少しでも対応を間違えたら修羅場になりそうな気がする。

「さよならだけが人生だからな」

原田さんがさらりと言った。首を傾げる婚約者に、原田さんはやさしく微笑みかけた。

「以前、この子の恋愛相談に乗ったことがあってね。その話だよ」

「あら、原田くんに、そんな役目、つとまるの？」

「どういう意味だよ」

長机をはさみ、すぐ目の前で、二人が仲むつまじい会話を続けた。婚約者の女性がおかしそうに笑って、原田さんはその頭をなでる。ペットの猫をかわいがるみたいに。

七瀬先輩はすっと背筋を伸ばした状態で虚ろな目をしていた。目に光がやどっていない。無だ。これは無の表情だ。

「部誌、完成してよかったな。おめでとう。後で感想送るからな」

原田さんはそう言って、婚約者とともに立ち去った。声が聞こえない距離まで後ろ姿が遠ざかると、表情を取り戻した七瀬先輩がぼそり、とつぶやいた。

「原田ぁ、ええ加減にせえよ」

広島弁もどきだった。

「目の前で堂々といちゃいちゃしくさりやがって。お前のそういうところ、嫌いではなかったがな」

「……趣味悪いですよ」

ちなみに、原田さんとその婚約者は、この何年か後、結婚することになる。編プロやゲーム制作会社を渡り歩く原田さんは、生き馬の目を抜くような厳しいエンターテインメント業界でしぶとく生き抜いていく。いくつかのゲームや雑誌やＤＶＤのクレジットで、彼の名前を見つけることができる。やがて自分のプロダクションを作ったと、風の便りに聞いた。

売り子を交代する時間になると、中野花音先輩と鈴木潤先輩が戻ってきた。中野先輩は漫画研究会の友人のところへ遊びに行っていたようだ。鈴木先輩はこわがりのくせにオカルト研究会のパネル展示をながめてきたという。オカルト研究会はこの夏休みに、夜になると声を発するという呪いの日本人形の調査をしたらしい。

「まったくすばらしい展示だったよ」

長机をはさんだ位置で鈴木先輩が力説していると、その背後から声がした。

「あのーう、すみません」

鈴木先輩が振り返ると、背後に日本人形が立っていた。

「うひゃらあん！」

先輩はさけび声を上げてうずくまったが、よく見ると、日本人形などではなく、背の低い直毛の女子中学生だった。鈴木先輩の大げさな反応に、その女子は若干引いている。

「あの、この人、だいじょうぶですか」

「なんともないですよ、いつもこうだから」

七瀬先輩が冷静に対応した。女の子は鞄から『風域　ｖｏｌ．１』を取り出す。

「さっきここで買ったんですけど、落丁を見つけて。交換できますか？」

僕たちは落丁の箇所を確認した。日本人形みたいな女の子は、僕と七瀬先輩の顔をなんども見比べる。交換した部誌を受け取り、一礼して去っていった。

「ああ、こわかった」

鈴木先輩が胸を押さえながら起き上がった。しかしまだ、おどおどした目つきで視線をさまよわせている。

鈴木潤先輩は今回、Bic Leeという筆名で、恐怖小説『生首巡査が追いかけてくる』を書いた。読む者を恐怖のどん底にたたき落とすこの小説は、『風域　ｖｏｌ．１』収録作のなかでも特に完成度が高かった。

この翌々年、大学に進学した彼は、全国の心霊スポットを一人で巡る『Bic Leeの吃驚《びっくり》BLOG』というものを始め一部で人気を博した。臆病《おくびょう》を克服するために始めたというこの活動

を目に焼き付ける。僕はきっと、この場所のことを、自分の原点として幾度も思い返すだろう。

中学生くらいの男の子が足を止めて『風域　ｖｏｌ．１』を試し読みした。しかし居心地悪そうにしながら、長机に戻して立ち去ってしまう。部員全員がテーブルの周辺に集まり、「買うの？　買わないの？　どっちなの？」と視線を送っていたのだから、逃げ出すのも無理はない。僕らは反省し、売り子の役目を中野先輩と鈴木先輩に託して、周辺にちらばることにした。最後の一冊が売れるところを、物陰からこっそりとながめていようという作戦だ。

少し離れた位置に、風船を配っている模擬店があった。綿菓子の店だったが、小学生未満の子どもには無料でヘリウムガスの入った風船を渡している。ちょうどその横の空白地帯に、僕は陣取る。作り置きされた風船の束が、遮蔽物《しゃへい》としてちょうどいい。

風船の陰から、文芸部の売り場を見守った。あと二冊。それが売れたら、僕にはしなければならないことがある。

中年の男性が足を止め、『風域　ｖｏｌ．１』を手に取った。興味深そうにながめて、ページをめくり、購入を決めてくれたようだ。鈴木先輩がおどおどした様子でお金を受け取り、中野先輩がありがとうございますと頭を下げる。

残り一冊。

自販機のそばにいた七瀬先輩が、こちらに駆け寄ってくる。一緒に最後を見届けよう、と思ってくれたのかもしれない。肩がふれ合うほどの距離で、風船の束に二人で隠れる。何人かが足を止め、買わずに立ち去った。

七瀬先輩のため息が、少しだけ耳に当たって緊張した。

原田さんはまた、七瀬先輩に何かを言ってくるのだろうか。趣味が悪い七瀬先輩は、また応《こた》えてしまったりするのだろうか。僕のような見るからにモテなそうな生き物に、それを止めることができるのかどうかわからないが、できる、と思いたい。都合のいい物語のラストで主人公がおそるべき能力を解放するみたいに、いつの日か僕の眠っていた力が呼び覚まされる。だって、どこにいるのかもわからない僕の本当の父親は、寂しかった母親を、さらっと寝取るような男だったのだ。その軽薄な血が、そのしたたかさが、僕のなかにもいい意味で流れているかもしれない。

中学生くらいの男の子が、文芸部の売り場の前にやってきた。さきほど買わずに立ち去った子が、戻ってきてくれた。財布を出している。鈴木先輩がお金を受け取り、中野先輩が『風域　ｖｏｌ．１』を手渡す。最後の一冊がついに売れた。男の子の後ろ姿が人混みに消えるのを、七瀬先輩は感無量という表情で見送る。

「あの、七瀬さん」

僕はそう呼びかけた。振り返った先輩の背後に色とりどりの風船があった。したたかな僕の血よ、本当のお父さんよ、勇気をください。そう願ってみると、秘められた力が少しだけ解放されたような気がした。もちろん気のせいだけど。

「好きです」

パン、とはじけるような音がした。

綿菓子を買った子どもが、風船を受け取ろうとして、びっくりした顔のままかたまっていた。店員が風船のひとつを渡そうとして割ってしまったらしい。七瀬先輩に視線を戻すと、頬が桃色に染まっている。

ばしん、と彼女は僕の肩をたたいた。ばしばしばし、と連続してパンチする。

「ちょっと！　こんなところで？　今？」

「痛いです。あ、本当に痛いです。ちょ、やめてください」

七瀬先輩は攻撃の手を休めなかった。

井上部長と水島副部長が売り場に戻り、中野先輩や鈴木先輩と喜びをわかち合っている。僕らも早いところ合流したかった。七瀬先輩だってそうする予定だったはずだ。僕の突発的な発言のせいで、出鼻をくじかれたのだ。

「高橋くん！」

七瀬先輩が僕をにらんだ。

「あ、はい」

「私、怒ってるんだから」

少し無言になり、それから、あきれたように息をついた。

「高橋くんの小説って、もともとの構想の冒頭部分を短編小説風に作り替えただけだよね」

「はい」

「あれは、本編が始まる前の、〝本編を始めるため〟の小説だったと思うんだ」

割ってしまったお詫《わ》びにと、子どもがぱんぱんにふくらんだ風船をふたつもらった。うれしそうに微笑み、子どもは僕らの前を駆け抜けていく。糸の先にはふたつの赤色の球体が、ふわふわと幸せそうに浮いている。

「本編を書き上げることができたら、そのとき、返事をするから」

返事はイエスでもノーでもなく、保留だった。本編はまだ、全然始まらないのかもしれない。でも本編を始めるための一歩を、僕は確かに踏み出せた。

少し離れたところから、日本人形みたいな中学生の女の子が『風域　ｖｏｌ．１』を持ったまま、僕らをじっと観察するように見つめていた。背が低くて直毛の彼女の特技は誤植や落丁を発見することで、趣味はこっそりカップルを観察することだ。

中学三年生の彼女は、この翌年、高校入学と同時に、文芸部への入部を決めることになる。何人かの友だちと一緒に、このときの『風域　ｖｏｌ．１』をたずさえて。

僕や七瀬先輩が勝負をかけて作った『風域　ｖｏｌ．２』のなかで、彼女は『好きって丸わかり　～じれったい私の二人の先輩～』という青春恋愛小説を書くことになる。

本書は、平成二十六年十月号から同二十六年十一月号まで「小説 野性時代」に掲載されたものを、加筆修正の上、書籍化したものです。